KB199617

어떻게 하면 완전히 사라지나

필립 헤르만
옮긴이 김윤정
사진 윤풍경

어떻게 하면 완전히 사라지나

발행일 : 2021년 9월 8일
지은이 : 필립 헤르만 Philippe Hermann
번역 : 김윤정
사진(프랑스, 베르사이유 골동품 거리) : 윤풍경
펴낸곳 : 스틸로그라프 - Stylographe

스틸로그라프

제 2004-9호 (2004. 10. 6)
경상북도 의성군 의성읍 북부길 58-23
+(82)10 - 9560 - 7865
+(82)10 - 9391 - 7865
(+33)06 29 10 36 14
Fax : 054- 832-7865
klaha2100@gmail.com

ISBN 979-11-972289-4-0 03860

잘못 인쇄된 책은 바꾸어 드립니다.

필립 헤르만 소설

어떻게하면
완전히
사라지나

차례

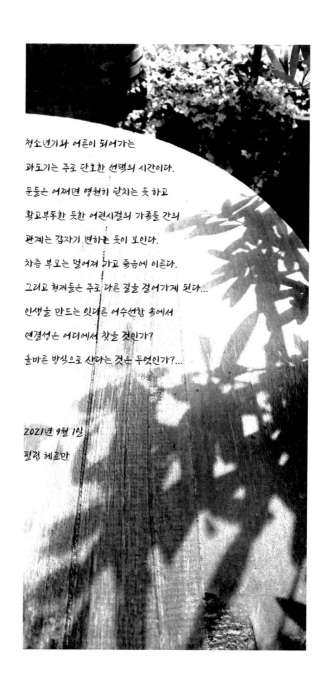

청소년기와 어른이 되어가는

과도기는 주로 단호한 선택의 시간이다.

문들은 어쩌면 영원히 닫치는 듯 하고

확고부동한 듯한 어린시절의 가족들 간의

관계는 갑자기 변하는 듯이 보인다.

차츰 부모는 멀어져 가고 죽음에 이른다.

그리고 형제들은 주로 다른 길을 걸어가게 된다...

인생을 만드는 잇따른 어수선함 속에서

연결성은 어디에서 찾을 것인가?

올바른 방식으로 산다는 것은 무엇인가?...

2021년 9월 1일

필립 헤르만

공이 없는 아이

첫 번째 증세는 약간 엉뚱하게도 이상한 방식으로 나타났다. 늦겨울 어느날 아침, 에르빈은 마치 꿈속 뒷전의 협박과 같이 느껴진 희미한 억압으로 잠에서 깨어났다. 숙적들 마저도 클라이맥스에 웃으며 수긍했던 푸른나라에서 그를 왕위에 올렸다. 그의 발걸음이 원형 신전을 향했고 어떤 특색 없는 목소리가 '이곳이 푸아 공작의 대성당입니다.'라고 기별했다. 에르빈은 잠을 자면서 웃었고 만약에 적어도 이것이 실제로 존재한다면 이처럼 훌륭한 건축물의 표현을 도대체 어디서 다시 찾아볼 수 있을까를 생각했다. 뿐만 아니라 환영은 이미 어느 영국의 남부 산간 지역의 기름지고 축축한 들판보다 더 훌륭한 어떤 것을 그려내는 나라 안에 거의 대부분의 주거지에서 동떨어진 시골에 자리했다는 것이다. 하지만 몽상가는 이러한 상세한 꿈을 계속해서 꾸길 멈추지 않았다. 왜냐하면 조금 있다가 그가 잠에서 한 번 깨어나 버리면 세상이 그에게 비밀을 소근거렸다는 것과 반쯤 열어볼 수 있는 소중한 문을 가리켰다는 것을 뒤늦게 알고서는 못내 이를 아쉬워할 것이기 때문이다.

이날 아침에 에르빈은 너무 느슨하게 가장자리를 두른 이불을 밀어내고 엉덩이를 돌리기 전에 침대 밑으로 발을 내디디려고 종이자르개로 종이 자르는 방식으로 자신의 오른쪽 다리를 한 쪽 옆으로 스르륵 미끄러뜨렸다. 그는 애를 쓰느라 가벼운 한숨을 내쉬며 손을 짚었지만 몸을 거의 일으켰을 땐 그만 무릎뼈 위로 송두리째 무너져내리고 말았다. 충격에 당황한 나머지 한참 동안 멍하니 앉아있었다. 특히 이런 갑작스런 쇠약 증세가 자신의 몸에 일어났다는 것에 놀라서. 양모 침대보를 손톱으로 긁으면서 '이런... 이런...' 하고 되뇌었다. 아픔을 참는 것은 그다지 어렵지 않았다. 왜냐하면 몸에 다양한 불편함들은 언젠가부터 자주 일어났고 애초부터 그것을 귀담아듣지 않는 버릇을 들였기 때문이다. 가끔은 일어날 때 기지개를 펴면서 다리근육을 꺽어 소리를 내기도 했다. 그러자면 어릴 때 쓰던 사투리 욕설이 튀어나왔지만 곧바로 피식 웃고 말앉고(이런 것들은 이유를 알 수 없는 향수를 불러일으켰다) 결국 자신의 침대 구석에서 하루를 기꺼이 보낼 체념으로 결근을 알리려고 사무실에 전화를 걸었다. 몇 초간 그의 열등한 팔다리들은 머리의 지시를 무시했고 따스하고 가족적인 파동이 엉덩이와 장딴지를 관통했다. 그리고는 마치 전기 감전이 그의 신경계통의 어느 한 지점을 불가사이하게 회복시킨 것처럼 결국 자신을 일으켜 세울 수 있었다. 안정을 되찾은 그는 자신이 사는 아파트 단지 정원으로 난 넓다란 창문을 한 번 더 주시했다. 진짜 식물성 원형 탈모증처럼 막 갈아엎은 무거운 바둑판 땅과 생초록빛 어두운 잔디들이 누르스름하고 맥빠지는 얼룩들로 서럽게 드리웠다. 시립 정원사들은 민꽃 식물성 질병과 미생물 곰팡이균에 대항한 모든 투쟁이 실패로 돌아간 것을 말했다. 이십 년 전 젊은 에르빈은 애매한 정밀성과 엉뚱함이 뒤섞인 영국식 스타일이 되도록 자신이 생각했던 침엽수 가지치기를 그들에게 설득하느라 애를 먹었다. 그는 나무들이 팽이나 핀 모양으로 원예잡지에 녹아든 제 생각을 그들에게 야심차게 열거했었다. 청색형광 옷을 입은 그들은 아무 말 없이 묵묵히 들었으나 다음 날 퇴근한 에르빈은 거기에서 애통한 장례식보다 더 슬프고 완벽한 원뿔들만 발

견할 수 있었다. 어쩌면 정원사들은 어떤 지침을 받았을지
모른다. 주택 설계사는 건물개조와 식목관리에 관한 모든
외관적 변형을 금하는 굉장히 엄격한 계약서를 받아들여
야 했다는 소문도 당시에 돌았다.

에르빈과 그의 부인은 시끄럽고 질퍽한 공사장 근처에서
헤매는 부동산 중개소에서 경솔하게 계획도만 보고 그들
의 아파트를 매매했었다. 그것은 이십오 년이 지난 지금
까지도 여전히 놀랍도록 대담한 행동이었다. 그들은 충분
히 잘못 판단할 수 있었고 사기를 당할 수도 있었다. 그리
고 브리짓은 어느덧 주변 환경이 예전에 비해 나빠졌고 모
든 것이 더럽고 실망스럽게 변했다는 걸 느끼기 시작했다.
그녀는 주로 저녁이면 안방 창틀에다 팔꿈치를 괴고 순한
담배 한 가피를 피우며 세 채 고층건물에 피신한 문필가
단지 안에 검소한 분위기의 독신자들 아파트에서 하나씩
켜지는 불빛들을 침울한 분위기로 응시했다. 당시 시청에
서는 주변 캠페인을 누르고 사회 계층간의 교류와 주택들
이 늘비한 지역에 상속자들이 소유한 소규모 건물들과 저
렴한 월세 임대 아파트들과 변두리에 정착한 집시들의 캠
핑카까지도 한 동네로 재규합하는 걸 두둔하길 원했었다.

초반에 젊은 부부는 에르빈의 부모와 함께 농가에 살았

다. 반복되는 집안 살림살이로 갇혀있었던 만큼 브리짓은 이런 잡거를 받아들이기가 쉽지 않았다. 에르빈이 저녁에 퇴근을 하고 돌아오면 그녀로부터 냉대를 받기 일수였다. "여기서 사는 게 그렇게 싫어? 봐, 이곳 생활에 적응하려면 시간이 좀 필요해."

다행히 그는 얼마 후에 그녀의 불만을 수용했고 그들은 도시로 이사를 가게 되었다. 고속도로 회사로부터 받은 돈 덕분에 에르빈은 자동차 특약점 내에 지분을 살 수 있었다. 그의 동업자인 브론슨이 현장기술을 책임질 동안 그는 행정과 영업을 도맡았다. 원래 회사는 농기계도 팔았지만 도시의 도넛현상으로 인해 이제는 돈벌이가 시원찮은 시장은 저버리게 되었고 활동 영역을 점점 더 개인차량 판매와 관리에 집중했다. 재정 성과는 해마다 급격히 달랐고 에르빈은 몽땅 다 날리는 것이 아닌가를 걱정했던 적이 한두 번이 아니었다. 경기가 좋을 때는 부도가 날 경우를 대비해 기본 생계를 유지할 수 있도록 가능한 많은 돈을 따로 모아두려고 했다. 머리 속으로 내일을 책임질 지출에 필요한 여유자금을 계산했다. 필요하다면 집을 팔고 중심가에 가구 딸린 임대 아파트로 이사를 가면 그만이고 또 그렇게 되면 지금처럼 자동차 두 대를 소유할 필요도 없을 것이다. 그의 장남, 윌리암은 다양한 문학 노동을 해가면서 이제는 중고 자동차 판매 책임자로서 정비소에서 그와 함께 일했다. 에르빈은 아들이 – 계산이 간단하게 된 – 첫 월급을 받는 것을 보면서 마음 깊은 안심감을 느꼈다. 하지만 심각한 걱정거리인 둘째, 로널드가 남아 있었다. 이 녀석 문제만 생각하면 마치 끝없는 동굴 속 어둠을 바라보는 것처럼 현기증이 나서 에르빈을 얼어붙게 만들었다. 그러자면 그는 실제로 눈꺼풀을 감아버리고 말았다.

이날 아침에 에르빈은 일어나기 전에 침대 온기 속에서 로널드에 관해 한 번 더 고민했다. 어쩌면 하루를 이렇게 시작하는 것은 실수였고 결국 바닥에 발을 내딛을 때마다 몸이 불편한 것 또한 스트레스에 인한 것이라 생각했다. 이미 스스로를 달랜 그는 거실로 나갔다. 브리짓이 시내에서 일하는 옷가게로 갈 준비를 하고 있었다.

"KO 당한 권투선수처럼 쓰러졌어, 도살장에 소처럼."

명랑한 톤으로 에르빈이 알렸다.

부인은 아무 말 없이 그를 힐끗 쳐다보곤 전날 받은 납세 통지서를 계속해서 찾았다.

"어퍼컷이나 이마에 나무망치 한 방 얻어맞았거나…"

"오, 내 가여운 에르빈. 항상 우스갯소리라니."

깊은 주름살이 그녀의 미간에 패었다. 일부러 잡는 주름이라 에르빈은 생각했다. 요즘 들어 그녀는 웃는 경우가 드물었다. 예전 같았으면 웃었을 것을. 세월이 흘렀음에도 불구하고 그녀의 행동들은 그녀 자신의 에너지나 신경질을 소모하기에 충분했고 비정상적으로 다급해졌다. 대화를 할 때면 결정적이거나 놀라운 지점을 강조하려는 것처럼 가끔씩 눈을 휘둥그렇게 떴다. 이런 것이 편파성 없는 관찰자가 생각하기에는 성마르고 놀라운 – 어쩌면 잔인하기까지 한 – 분위기를 풍기게 했다. 에르빈은 진한 커피를 준비했고 아침식사를 식탁에 차렸다. 어릴 적부터 그는 쌉쌀한 초콜릿 세 조각을 집어넣기 위해 바게트 반쪽을 항상 마지막에 남겨두는 버릇이 있었다.

그들과 우리

　처음에 우리가 분양받은 지역의 동네 사람들은 우리를 약간 업신여겼다. 우리를 가리켜 '허섭스레기'라 불렀다. 그리고 우리가 사는 건물을 '토끼장'이라 일컬었다. 특히 우리가 마치 그들 주택들의 가치를 떨어뜨린 것처럼 비난했다. 그들이 제일 먼저 이 동네에 도착했고 우리가 그들의 천국을 타락시켰다는 것으로 그들을 미치게 만들었다. 신선한 공기와 시골로 펼쳐진 전망과 열쇠로 잠글 필요가 없었던 안전문은 끝장이 났다. 오늘도 역시 그들은 문필가 단지 건물 세 채를 향해 매서운 눈초리로 쏘아본다.

　그러나 그들의 주택이 허는 것은 우리의 책임이 아니다. 잔디깎기와 흙손들을 열심히 쓰고 벽돌로 쌓은 바비큐 대를 설치해 보지만 달리 할 수 있는 다른 방도는 없다. 모든 것은 부서지고 지붕은 물이 새고 못난 재료들이 도처에 불거졌다. 우리 건물을 들여다본다고 해서 더 낳을 것도 없지만 우리는 집 주인들이 아니고 바로 거기에 모든 차이점이 있다. 우리는 우리가 사는 아파트를 매매할 일이 결코 없을 것이고 되판다는 것, 그것은 바로 집주인들을 초췌하게 만드는 것이나 다름없다. 우리가 실감나지는 않지만 집주인이라면 자신의 재산을 관리해야 하기에.

매매계약을 하는 즉시 방문을 위한 부동산중개인과의 약속이 잡힌다. 그들은 살 마음이 없고 단지 실내구조를 구경하고 특히 가격을 알고 싶어 한다. 그런 뒤에 몇 달 동안 그들에게 생각할 시간을 준다. 하지만 팔려고 내놓은 주택들은 그렇게 많지 않고 결국 매각이 되고 만다. 융자를 갚으려고 자리잡고 알루미늄 베란다를 지불하려고 우리가 우리의 젊은시절 내내 고된 일을 했을 때에는 또 다른 곳으로 이사를 가 그러한 것을 다시 시작하고 싶지 않은 것, 그것은 당연지사다. 인생은 복잡하지만 결국 모두가 거의 비슷한 결론에 도달한다.

나는 처음부터 제라르 네르발 고층건물에 살았다. 말하자면 건물이 공사를 시작할 때부터. 이웃들은 자주 바뀌었고 열두 묶음 한 다스씩 아이들을 놓기 시작했다. 아파트 내부는 정 반대이다. 결국 아이들은 거의 모두가 떠났다.

어떤 면에서는 약간 씁쓸하기도 하지만, 분양된 종류에 따라 쓴맛을 주는 것 또한 어쩌면 이러한 연유이다.

가끔씩 나는 그들이 우리를 비난하는 것이 그래도 어느 정도는 이유가 있다고 생각한다. 예를 들어, 고층건물에 사는 사람들이 소홀한 것은 사실이다. 그들은 어디로 떨어지는 지 보지도 않고 오물 쓰레기통이나 창밖으로 아무거나 던져 버린다. 하루는 우편 배달원이 모자를 쓰고 자신의 자전거로 때 아닌 때에 건물 아래를 지나가다가 떨어지는 다리미에 맞아 그렇게 죽었다는 소문이 돌았다.

그들은 또한 궁금증도 없다. 이웃들에게 자주 물어보았지만 아무도 제라르 네르발이 누구인지 모른다. 그들은 사전을 펼쳐서 알아보려는 생각을 절대로 하지 않는다. 사실대로 말하자면, 그들은 건물의 이름이 제라르 네르발이라는 것에는 아무런 관심이 없다. 기껏해야 축구클럽 응원자들이 경기 후에 한잔 걸치러 가는 시내에 있는 호프집 나르발과 비교하는 사람이 다.

나로 말할 것 같으면, 나는 사전을 들여다 보았고 자살한 사람의 이름을 건물에 붙였다는 것이 재미있는 발상이라 생각했다. 내 생각에 그건 그다지 행복한 일은 아니다. 더군다나 네르발은 신경질이라는 단어와 발음이 비슷하고 고층 아파트에 괴상한 사람들이 산다는 상상마저 들 것이다. 결국 이렇게 생각하는 것은 나고, 말했듯이 다른 사람들은 그러한 것에 아무런 관심이 없다. 나는 그들에게 이것을 알리려고 애썼지만 그들은 먼 산을 보면서 흘려들었고 급히 해야할 일이 있다는 것을 떠올렸다.

게다가 어떤날은 특히 소음때문에 정말로 실성한 사람들의 안식처라 믿었을 것이다. 좌측 이웃, 그루버 씨는 끔찍한 화를 낸다. 평소에는 인사 한 마디 없이 조용한 사람인데 단번에 폭발하여 욕설을 퍼지르고 자신의 거실로 물건을 내던지는 일은 예고 없이 찾아온다. 그는 마치 사람들이 등 뒤에서 자신을 놀린다고 믿는 사람처럼 항상 의심하는 눈초리다. 당연히 그럴 때, 부인과 자식들은 고함을 지르기 마련이고 그건 정 반대로 그루버 씨를 진정시키지 못할뿐더러 이웃들에게는 또 더욱 괴로운 일이 된다.

하지만 부부 싸움과 화해도 사람을 지치게 만들기는 마찬가지고 그것도 잠시뿐이다. 층간소음의 최악은 음악이나 집안 보수공사다. 혹은 한밤중에 집안을 걸어 다니며 혼잣말하는 위층 사내이다. 나는 그가 무엇을 만들었는지 절대로 알 수 없었지만, 결국 내가 성공적으로 잠이 들었을 때 그는 화장실을 갔고 물 내리는 소리나 구미 당기지 않는 여러 잡소리들로 결국 나의 잠을 깨웠다. 그리고 침대에서 나는 모든 것이 내 머리 위로 굴러떨어질 것 같은 느낌을 받았다. 나는 정중하게 주의를 주려고 했으나 그 또한 어려운 일이다. 그것은 사람의 체면을 건드리는 듯했다. 그렇지만 밤에 소음은 불가피하게 들리는 것이다. 어느 정도 그것은 제 자신의 사생활을 나에게 공유하자고 강요하는 것과 같다. 자, 바로 이런 것이다.

위층에 사는 이웃은 나의 불평을 기분 나쁘게 받아들였다. 그는 일하고 있고 자신이 선원이었던 시절에 세계일주를 했다고 나에게 말한다, 그가. 마치 무슨 연관성이라도 있었던 것처럼. 그는 운이 좋고 나 또한 일을 하고 싶다고 대답했지만 그렇게 나를 정당화한 것은 실수였던 것 같다. 행운은 강인한 자에게 미소짓고 일은 용감한 자들에게 손을 내민다고 그가 말한다. 나는 인생에 대한 현실 감각이 이처럼 뒤떨어지는 사람을 만나면 고집을 포기한다. 다 쓸데 없는 짓이니.

이 모든 것이 당신에게 고층 아파트에 이사 오고 싶은 생각이 들지 않게 할 것이다. 어떤 의미에서 보면 당신이 옳다. 그럼에도 불구하고 아침에 예를 들어 내가 일어난 뒤에 코코아를 준비하면서 주방 창문을 바라보는 것과 같은 좋은 면도 있다. 건너편 작은 건물에서 매일 아침마다 한 남자가 나를 보고 크게 손짓한다. 인사를 하는 그의 방식이다. 소리를 지를 수도 있었을 텐데, 혹시라도 그렇게 한다면 나는 그의 목소리를 알아듣지 못할 것이다. 나는 한 번도 이 남자에게 말을 건넨 적이 없고 길에서 그와 마주친다해도 알아보지 못할 것이지만 그의 손짓은 항상 나를 즐겁게 한다. 그래서 똑같이 대답한다. 그리고 그도 역시 흡족한 분위기다.

어쩌면 우리가 짐작하는 것보다 훨씬 빨리, 언젠가는 고층 아파트들을 허물거라 사람들은 말한다. 티브이에 나오는 것처럼 폭약들로. 하루는 시청직원 한 사람이 이것과 관련된 회의를 주최했다. 그는 우리가 더 좋고 더 큰 곳에서 살 수 있고 고층 아파트를 보수 공사하는 것은 비용이 너무 많이 든다고 말했다. 주택들은 다르고 그것은 그곳에 사는 사람들의 소유물이고 작은 불씨에도 썩을 것이다. 그것이 다다.

이 모든 것을 생각한 나는 우울해진다. 이곳은 그래도 내게 익숙하고 어떤 면에서는 어쩌면 친구와 같은 인간 관계도 가지고 있다. 다른 곳에서는 이 보다 더 좋은 것을 찾을 수 없을 것이다. 그리고 아파트 단지 주민들도 고층 아파

트를 허무는 날 가슴 깊이 슬퍼할 것이 분명하다. 마치 그
들이 그곳에 살았다는 것을 믿을 수 없다는 듯이.

메신저들

"또 저 인간들이야! 에이, 진저리나!"

브론슨은 화장실로 숨어 버렸는데, 창이 달린 현관문에 자신의 그림자를 내비치고 싶지 않았기 때문이다. 한 번에 충분히 길게 끄는 초인종이 울렸다. 스포츠 신문을 손에 쥐고 좌변기에 앉은 브론슨은 까다로운 성미를 다잡으며 굳어있다. 지난번에 그의 딸이 어리석게도 감시 구멍으로 방문객들을 살피지도 않고 문을 열었었다. 부드럽게 미소짓는 말씨로 그들은 별채의 실내를 밀어젖혔고 퇴근하고 돌아온 그녀의 아버지는 자신의 집 식탁에 사과 주스를 앞에 놓고 앉은 수다스럽고 열광적인 그들을 발견했다. 그들은 넓적한 가죽 가방에서 『새로운 왕국에서 무엇을 할 것인가?』, 『너의 운명에 쟁기를 달아라』, 『믿음과 고향』, 『성의 위험』, 『도둑처럼 찾아올터이니 조심하라』... 등

열 권 가량 되는 책들과 팸플릿들을 꺼내 놓았다. 그들은 깨끗하고 예의가 발랐고 반대로는 말할 수 없었지만 멍청이들과 귀찮은 놈들로부터 하루종일 시달리고 난 뒤 늦게 퇴근했을 때는 땀 냄새를 섞으며 대화에 끼어드는 대신 맥주 한 캔을 열어 편히 쉬고 싶었다.

이날 저녁에 브론슨은 두 젊은이들에게 쓴 웃음으로 창피한 손을 내밀어야 했다. 브론슨이란 이름은 당연히 별명인데 무던한 친구들이 그가 검은 콧수염을 달고 미심쩍어하는 실눈을 떴기 때문에 붙여준 것이었다. 그도 역시 무기들과 활기찬 생각들을 좋아했다. 그를 가장 심각하게 재어본 사람들, 특히 직원들은 그들 사이에서 그를 '아돌프'라 불렀으나 그는 매일 아침 거울 속에서 슬프게도 끝이 허옇게 센 자신의 두터운 콧수염을 미끈한 손으로 어루만지며 웃었다. 이맘때 그는 '아직 오 년만 더'라고 내심 생각하고 있었다.

이십 대 초반의 두 젊은이들은 하얀 와이셔츠에 멜빵을 단 검정 바지와 굉장히 단순한 양복과 어두운 색상의 넥타이를 매었다. 그들은 예전에 어색하게 나들이 치장을 한 촌사람들을 닮았다. 이 지역의 젊은이들이라면 아무도 이런 식으로 입는 것을 용납하지 않았을 것이다. 그런 이후,

그들임이 틀림없었던 그들이 비참한 사람들처럼 여성용 자전거를 타고 돌아다니는 것을 브론슨은 보았다. 첫 만남에서 그는 아무런 이유 없이 이해할 수 없는 불편한 감정을 느꼈다.

"안녕하세요."

키가 크고 은발 머리칼에 갸름한 얼굴 그리고 말 이빨을 한 사내가 시작했다.

"제 이름은 니콜랍니다. 그리고 이쪽은 저의 형 에프라임이구요. 우리는 심판교회 소속입니다. 귀하의 동네에 전파를 하러왔습니다."

"이분들은 사람들에게 자신들의 종교를 설명하려고 아주 멀리서 왔어요, 당황한 마틸드가 덧붙였다. 한 사람도 놓치지 않고 주택과 아파트를 둘러보았데요."

"아 그래요... 형제라 하기엔 전혀 안 닮았네요."

"진짜 형제가 아니라, 종교적 의미에서 형제입니다. '의 형제'나 '동포'라 말할 때처럼..."

교훈적인 긴 대화가 이어졌다. 두 젊은 남자는 브론슨이 아주 오래전 교리수업에서 들었던 것을 떠올리게 하는 희귀한 단어들을 사용해 악상 없고 과장된 언어로 말했다. 그들은 자주 웃었고 마치 윤리와 신학의 스승을 대하는 것처럼 그의 동의를 끊임없이 찾았다. 자동차 정비소 주인은 특히 자신을 혼란한 세상사의 산증인으로 삼을 때면 비위를 거스를까 '네, 네' 하면서 고개를 끄덕였다.

"사람들은 악독해요. 나쁜 짓을 자주 하지요. 그러나 그것은 무지에서 나오는 겁니다. 안 그렇습니까, 선생님?"

"네 네."

"그러나, 깨닫지 못하지요. 거의 꺼져가는 목소리로 아직도 자신의 마음이 말함에도 불구하구요. 순수의 길을 찾아야 합니다. 그래서 자신의 영혼이 새로이 노래부르고 구제의 투구와 쬠쇠로 보호된 심판을 믿고 따라야 할 것입니다."

자애로운 스파르타주의로 혼란해진 마틸드는 가끔씩 질문할 문장을 만들어 내는 것이 좋다고 믿었다.

"하지만 당신들 교회의 창시자가 하느님에게서 직접적인 영감을 받았다고 어떻게 확신하시죠?"

매번 그녀의 아버지는 성난 눈초리로 그녀를 흘겨보았다. 왜냐하면 대화가 길어졌고 그는 자신이 좋아하는 텔레비전 오락 프로그램을 놓치고 싶지 않았기 때문이다. 이미 너무 자주 정비소에서 마지막 손님들이 그를 붙잡았고, 눈앞에 가장 중요한 계산을 확인하는데도 제대로 집중하지 못 하도록 밥을 먹으며 손님들을 봐야 했다.

'그런데, 도대체 이 자들 정체가 뭐야?'라고 그가 생각했다. 그들은 이 바닷가 마을로 일 년 동안 지내기 위해 수도권에서 왔고 그런 다음 다른 선교사들이 좋은 말씀과 사람들의 개종을 위해 교대할 것이라는 설명을 내놓았다. 그들의 목적은 기한 내 모든 마을이나 동네 안에 예배할 장소를 만드는 것이었고, 니콜라는 수몰하는 단체 세례식 사진들을 테이블 위에 펼쳐 놓았다. 남자들과 특히 다양한 연령대의 여자들은 다른 신자들의 박수갈채 아래 공기 주입식으로 부풀린 욕조에서 황홀하게 나왔다. 그들은 흰 베로 된 긴 셔츠에 도살장과 대체로 정육점 직원이 쓰는 것과 비슷한 종이로 접은 모자를 머리에 썼다.

"사람들이 얼마나 행복한 모습인지 보이시죠? 그들은 아이들로 되돌아 갔지요. 하지만 이들 중에는 간음죄인들과 불륜자들과 오난의 신봉자들과 큰 죄인들도 있었습니다. 그들은 기독교와 관련된 책을 읽었거나 신자들과의 만남을 통해 혹은 세상에서 그들이 한 이상한 행동으로 인해 하루는 창피함과 비열한 감정을 스스로 일깨웠지요. 길은 여러 갈래가 있구요, 그 길이 때로는 이상하고 이해할 수는 없겠지만 어떠한 신자라할지라도 하느님의 시선에서 절대 벗어날 수 없고, 반드시 그분은 벼락을 치시거나 쓰다듬으시기 마련입니다."

니콜라는 말하면서 활기찼다. 그의 눈동자는 비범한 빛을 띠었고 더이상 웃지 않았지만 자신의 말과 행동으로 그리고 싶었던 하늘과 불꽃의 내면의 풍경을 비추었다.

"하지만 단어로는 다 표현할 수 없을 정도로 표현이 부족합니다."

입술에 옅은 미소를 말아올리는 반면 낮은 목소리로 그가 덧붙였다.

"단지 고개 숙여 무능함을 인정해야 하지요."

이날 저녁 선교사들이 떠난 뒤에 브론슨은 지치고 의기소침에 빠지고 말았다. 진정시키느라 자신의 딸에게 화가 나면 나는 데로 내버려 두었다.

"에잇 빌어먹을, 왜 아무나 집에 들여놓고 그래!? 하루종일 일하고 나면, 나도 내 집에서, 내 티브이 앞에서 편히 쉴 권리가 있잖아! 여기는 거룩한 곳이야. 내 성채야, 방문객은 필요없어. 그리고 그 두 사내들 도대체 어디서 나온 거야? 적어도 진지한 게 맞아? 미친놈들 얼굴을 하고서는 떼어 낼 수도 없고, 말하는 건 꼭 똥 밟은 것처럼. 정비소에 사이비 종교에 빠진 사람이 하나 있었는데, 가족수당

챙기려고 교대로 팔 바꿔가며 줄줄이 애들을 놓고 사는 건 전부 다 내팽개치고 말이야. 마틸드, 내가 널 그렇게 가르쳤어! 어?... 대답해 봐!"

브론슨은 새벽녘까지 일층 방들을 돌아다니며 밤잠을 설쳤다. 결국엔 욕실거울 앞에 멈춰섰다. 네온등의 불빛이 그의 윤곽선들을 더욱 견고하게 만들었고 창백한 소멸에 얹힌 검은 콧수염으로 사회면 기사의 비극적인 분위기를 자아내게 만들었다. 그런 그였지만 '아이고 하느님' 하고 중얼거렸다.

그런 이후에 커다란 자전거로 마을을 지나다니는 선교사들을 여러 차례 발견했다. 매번 그들은 그에게 솔찍한 미소와 우정의 인사를 건넸다. 그는 소스라쳤고 마치 그들이 사람을 잘 못 본 것처럼 그리고 단순히 고개를 한 번 끄덕이는 것으로 붙좇지 않는 사람처럼 대답했다. 그는 그들에게 문을 다시 열어주는 것을 마틸드에게 금지시켰다. 딸을 키우는 건 정말이지 어렵다. 특히 홀아비에게는, 더군다나 동업자가 건강상의 문제로 자신의 일을 침체시킨 요즘 같은 때에는 더욱더.

그럼에도 불구하고 그는 두 젊은이들에 대한 아무런 근본적인 반감은 느끼지 않았다. 정반대로 그는 그들이 거의 항상 밖으로 내쫓길 게 뻔한 집집마다 문을 두드릴 만한 어떤 자격이 있는 것처럼 보였다. 주민들 대부분이 종교적인 문제와 죄라든지 죽음 너머의 세계에 관한 이야기는 듣고 싶지 않았다. 인생은 이대로도 충분히 까다롭다. 모든 장부가 어딘가에서 정확히 관리되고 언젠가는 분노의 날, 심판의 날이 올 거라는 걸 도대체 누가 어떻게 받아들일 수 있겠나? 그들은 문을 쾅 닫으며 생각했다. '우린 더 이상 중세시대에 살지 않아.'

미래를 위한 계획들

로널드는 가장 먼저 체력적인 면에서 특이한 방식으로 자라났다. 열네 살이 되자마자 키가 이 미터를 훌쩍 넘었고 그의 학교 친구들은 그를 '드라큘라'라 불렀다. 분명 야윈 모습과 창백한 살색 때문일 것이다. 친구들로부터 부탁을 받으면 그는 등 뒤로 두 손을 모으고 완벽한 동그라미를 그리며 팽팽한 팔을 앞으로 가져와 자신을 유명하게 만든 체력 곡예를 펼쳤다. 드라큘라가 겸손한 미소를 살짝 띠는 동안 여자 아이들은 공포의 함성을 질렀고 진저리 치는 분위기를 풍겼다. 게다가 이 이상한 재능은 스포츠적 관점에서 보아도 그에게 있어서 유일하게 뛰어난 분야였다. 중학교 때 잇달은 체육 선생들은 그의 큰 키를 유용하게 쓰길 원했으나 그는 재주와 조정이 부족했고 골 아래서나 목표물 앞에서 허수아비 팔을 흔들기만 할 줄 알았다.

실망한 코치는 게임의 기본작전을 한번 더 설명하기 위해 터치라인을 상기시켰다. 로널드는 횡설수설하면서 경기장으로 다시 들어갔다. 아주 빨리 선수들 대장의 목소리가 돋아졌고 톤이 날카로워진 뒤에는 결국 상스러워졌으며 불필요한 거인은 경기장을 완전히 퇴장했다.

"넌 서툴러. 돼지처럼 형편없어. 진짜 느림보야."

학생들이 그의 미소와 척추변형으로 살짝 굽은 그의 긴 등골을 교실 구석에서 발견할 때면, 가을 새학기 다른 선생들은 공동생활의 규칙을 열거해 놓고 잠시 멈춰서서 그를 지목했다. 그들은 '봐라, 내 일을 방해할 요소가 여기 있네.' 라고 말했다. 목소리 톤이 미미하게 변했고 그에게 몇 년생인가를 물었으며 그의 대답이 그들의 걱정을 더 무겁게 만들었다. 거북스러움의 뿌리는 다른 곳에 있었다. 그들은 단지 교육과정이 늦어진 것보다 덜 명백한 사실에 집착했다. 몇 주가 지나자 로널드는 수학과목에서 선명한 두각을 드러냈지만 문과 과목들에서는 그에게 주어진 과제의 기본주제에 대해 가장 늘 이상한 여담 말고는 다른 것은 만들어 낼 수 없는 이 소질 없음이 밝혀졌다. 사람들은 그의 고집과 열의없음을 의심했다. 특히 상대적이고 우발적인 제안들로 가득 찬 그가 쓴 복잡한 구문은 독창적이고 아름다운 문체에 몰두한 선생들을 절망시켰다.

"네들과는 비교가 되지."

언젠가 학생들 중에 한 명이 그에게 이렇게 말했고 베르돈크(그는 럭비팀의 희망이자 고등학교 보디빌딩 운동선수였다)는 거의 시인처럼 가볍고 우아해졌었다.

이런 말을 하면서 비웃는 시인 베르돈크는 로널드에게 손가락질을 했다. 나름대로 성실한 학생이었던 로널드는 이러한 불운을 마주하고 웃는 첫 번째 사람이 되어 마치 그에게 있어 학교란 심각하게 받아들이기엔 너무 무상한 경험만 줄 뿐인 것처럼 이런 도발적인 언동에는 절대로 반격을 가하지 않았다. 그가 쓴 작문들은 분하고 성급한 빨간 얼룩 줄무늬로 되돌아왔지만 과학 선생들의 지지가 별다른 불쾌한 일 없이 학년이 올라갈수록 로날드가 더욱 발전하도록 허락했다.

여름에 그는 지나가는 사람들, 인간들 혹은 동물들을 향해 우정의 손길을 보내며 가족이 살았던 건물의 광대한 홀로 연결되는 계단에 앉아서 많은 시간을 보냈다. 그는 오래전부터 늘상 같은 동네에 살았던 아이들을 잘 알고 있었지만 버스 안이나 아파트 단지 앞에서 우연히 마주치는 경우에만 그들에게 말을 건넸다. 남자아이건 여자아이건 간에 그들 중 어느 누구도 그에게 영화관이나 디스코텍에 같이 가자는 제안을 할 생각을 하지 않았다. 당연히 드라큘라가 제외된 초대장들을 그가 보는 앞에서 나눠주었고 다음 주말의 계획을 알렸다. 그는 화를 내지 않았다. 다른 아이들은 호기심으로 그를 쳐다보았다. 어쩌면 그가 비정상이거나 우둔하다고 믿었을 지 모른다. 하여튼 그들의 세상은 그의 것이 아니라는 것은 자명했다.

그렇지만 고교 3학년 때, 늘상 면도를 잘 못하고 과장되고 촉촉한 눈동자의 한 소년이 그를 형제처럼 잘 대해 주었다. 쿠르트는 시대에 뒤떨어지고 거추장스럽게 우스울 정도로 지나치게 격식을 갖춘, 꼭 사전으로 말하는 법을 배운 사람처럼 불어를 이상하게 말했다. 어쩌면 격세 유전에 의한 것이었고 그의 가족은 동부유럽에서 왔기 때문이고 또 어쩌면 단지 그가 거드름을 피웠을지도 모른다. 그렇게 되니 말 수는 적었지만, 결국 그가 말할 결심을 하는 즉시 침묵은 이내 아쉬워지고 말았다. 그는 매번 새로운 사람을 만날 때마다 아무 의미없고 내일의 기약 없음에도 불구하고 '반갑습니다'를 말버릇처럼 했다. 이런 말은 당연히 너무나 지나친 표현이었다. 하지만 그러한 버릇이 로널드에게 다가온 날 그것에 의미가 생기기 시작했다. 굉장히 빨리 이 두 젊은이는 더이상 떨어지지 않았다. 그들은 꽉 들어차고 몇 줄로 불친절하게 발표된 과학잡지나 유명한 연보 콩쿠르에서 빼낸 어려운 수학문제를 함께 고민했다. 쿠르트는 호기심과 성의가 부족하지 않았으나 넉넉히 정답을 찾아냈던 자신의 새 친구에 비해 그다지 훌륭한 재능은 없었다. 이런 은총을 인정하지 않았던 로널드에게 전적으로 감탄한 쿠르트가 '틀림없어!'라며 감탄사를 자아내기도 했다. 그들은 완전히 조심성을 잃고 역사 혹은 생물학 수업시간에도 늘상 추상에 빠져 있었다.

그러나 중등교육의 마지막 과정에서 이 우정에 금이 갔다. 다음해에 쿠르트가 사회생활로 곧바로 진출할 수 있는 평범한 전문대학에 들어갈 동안 로널드는 유명한 생물과학 대학으로 진학을 했다. 아파트 단지 내에서 혹은 항구에서 서로 우연히 마주쳤을 때 그들은 그들이 이제부터 속한 서로 다른 세계에 대한 소식을 부담스럽게 주고받았다. 경영정보에 관해 '정말 난해하단 말이야.'고 쿠르트가 말했다. 그는 이제 실력 때문이 아니라 사회나 전문성을 목표하지 않고 생각해 보면 호사와 풍요의 진정한 시기였던 고등학교 때처럼 단지 지식에 대한 애착으로 공부를 계속할 수 있는 로널드가 부러웠다. 그리고 '당연히 전국으로 이동한다는 조건하에, 자격증 취득자에게 일자리를 두 개씩 주선해.' 라고 그가 자존심과 창피함의 찌꺼기를 채워 덧붙였다.

로널드의 경우, 그가 자란 동네에서 이백 킬로미터가 떨어진 대도시에 가구가 달린 방을 찾고 있었다. 그의 인생의 이 시점에서 해야 할 일들을 그러모으고 정리하는 것은 두 말할 것도 없이, 그것들에 일관성을 부여하는 것은 무척이나 어려웠다. 어쨌든 난생처음으로 그는 먹고 입기 위해 그의 부모가 보태준 빠듯한 생활비 내에서 자립적인 생활을 해야 했다. 도착한 날 저녁에 그는 야심찬 세입자들이 대대로 써서 매트리스가 꺼지고 길이는 너무 짧은 침대 위에 사선으로 드러누웠다. 바깥 대로는 포효했지만 거무스레하게 낡은 건물은 가족적인 소음을 배관으로 퍼트렸고 먼지가 사그러지는 마지막 노을빛에 반짝였다. 로날드는 고등학교 수학선생의 마지막 격려를 떠올렸다 ('자네는 새로운 길을 열 학자가 될 사람이야. 나도 자네와 같은 재능을 가졌다면 얼마나 좋았을까. 멋진 인생이 자네 앞에 펼쳐졌어.'). 이런 약속들은 차오르는 어둠 속에 쓸려갔고, 그는 거칠게 비추는 쇼윈도우의 밤도시를 살펴려고 결국 일어섰다. 빗속에서 영화관과 술집의 깜박거리는 네온이 떨렸던 유동의 영기로 흐려진 근시눈을 위해 그는 웃으며 자신의 안경을 걷어냈다. 이날 밤에 처음으로 계단을 내려가 밤거리 탐색을 나섰다.

그래. 버릇이 생겨나는 이 시대는 잘 있었다. 하지만 이번에 우리는 그것을 따라가지 않는다. 어둠 속에 녹아내리도록 내버려두자. 단지 굉장히 빨리 대학의 아침 강의에 참석하는 것이 어려우리라는 것에 주의하자. 이것이 그에게 손해를 끼침에도 불구하고 왜냐하면 학생으로서 자연스럽게 터득한 준비성만이 그에게 있어 모든 장애물을 수월히 뛰어넘을 수 있게 하기 때문이다. 특히 교수들과 학우들은 가장 다양한 대수학 문제에 대해 그가 제시한 예상치 못한 기하학적 해답으로 심히 놀랐다. 바지가 너무 짧고 손자국이 찍혀 더러운 안경을 낀 남자, 로널드는 직선과 원주로 완벽한 세상을 이끌어내면서 최고의 능숙함을 증명했고 학생들은 저마다 주눅이 든 눈으로 거미줄처럼 얇은 선들을 그저 따라갈 뿐이었다.

"자요."

그는 낮은 목소리로 자신의 논증을 마무리 지었다.

매직펜을 칠판 아래 홈에 내려놓았다. 먼저 회의적이고 침착한 교수는 논법의 결점을 찾기 위해 조용히 관찰했다.

"이것은 실로 문제를 해결하는 또 다른 방식이 되겠군."

교수는 패배한 적수의 정정당당함으로 그를 결국 인정했다.

로널드는 단지 구시렁거리는 소리와 비아냥거리거나 감탄의 시선 아래 오지않을 칭찬은 바라지도 않고 주저없이 자신의 자리로 되돌아갔다. 가끔씩은 낯선 남학생 혹은 여학생이 그와 대화를 하려고 옆에 와 앉기도 했다. 그는 이런 유혹하려는 시도에 조금도 흔들리지 않았고 기숙사 방이나 학생식당에서 차라던지 맥주를 한 잔 하자는 초대에도 점점 더 멀어져가는 침묵의 등장으로만 만족하며 절대 아무런 약속을 잡지 않았다. 그는 이전에 쿠르트와 함께할 때의 욕구, 다른 누군가와 규칙적인 친교를 가지고 싶다는 욕구를 더 이상 느끼지 못했고 가장 부단하고 가장 호전적인 자신의 우정을 스스로 북돋게 내버려두었다. 천재의 섬광들 중에 하나가 특별히 강한 인상을 남긴 어느날, 수업을 마친 뒤에 학교 친구들은 수차 고개숙여 찬사의 감탄사를 보내며 그에게 명예의 울타리를 만들어 주었다. 그는 먼저 못 본 척, 그리고 나서 잠시 멈춰 섰고, 그를 둘러싼 인상을 쓴 얼굴들을 차례로 죽 훑어보았다. 그런 뒤에 갑자기 자기가 마치 사이클 대회의 우승자라도 되는냥 머리 위로 주먹을 번쩍 들어 올렸다. 이런 행동의 돌변이 우상의 혼란스런 면모를 느닷없이 엿본 것처럼 비웃는 무리들을 잠자케했고 그래서 이 배설장난 애호가들은 충격받고 서글퍼진 것이 확실했다. 로날드는 늘상 더 깊은 고립 속에서 학업을 계속했지만 그는 이미 다른 세계로, 학생생활에서 이방인으로 그리고 슬픈 포크송으로, 측백나무와 제라늄의 친근한 주택지의 평화로운 연안, 자신의 고향마을에서 훨씬 더 먼 곳으로 빠져들고 있었다.

그러는 동안 그의 부모는 가끔씩 일요일에 그를 찾아왔다. 에르빈의 부인이 아들의 장래를 걱정하고 로널드를 살피며 교육부 국가고시에 성공할 확률을 질문할 동안 에르빈은 배관을 수리하거나 전선들을 손질했다. 아들은 그녀의 생각과 조언의 물결을 흘러가게 내버려 둔 뒤에 눈을 반쯤 감고 가벼운 미소를 지으며 이렇게 말했다.

"저기... 이런 걸 보고 장래의 계획이라 부를 수 있다면, 결국 나도 계획이 생겼네요. 그렇지만 말하기엔 아직 너무 일러요. 이건 어떻게 보면 빛을 무서워하는 나약한 꽃들이나 다름없죠... 지금은 차라리 실천에 필요한 에너지를 아끼고 아무말 안는 편이 더 낳겠어요."

"아니, 너 무슨 소릴하는 거야? 네 아버지와 나는 네 교육비를 부담하고 있어. 그런데 우리가 알 권리가 없다고? 네가 진짜 머리가 이상해진 게 아닌지 의심스럽기 시작하네, 로널드! 자, 너 이방 월세가 얼만지 알아? 네가 수학에 재능이 있다고 하는데, 실생활에서도 해야 하는 계산이라는 게 있는 거야. 내 월급의 반, 거의 반이 네 월세, 네가 먹고 입는데 나간다고. 어떻게 그런 말을 할 수가 있어! 내가 이런 것들을 네게 상기시키는 게 썩 내키지는 않지만, 어쩔수 없이 말을 하게 만드는구나. 그건 마치 매일 야금 야금 나를 갉아먹는 거나 다름없어."

저녁나절이 돼서야 어머니의 공세가 다시 가라앉았다. 아버지는 자신의 공구들을 내려놓았다. 로널드는 커피를 준비했고 '위세'라던지 '대사'라는 상표로 그럼에도 불구하고 팔렸던 부풀리고 맛없는 마지막 남은 과자를 커다란 마분지 상자에서 꺼내왔다. 기우는 해그름에 들이키는 액체 소리와 건조한 비스킷을 턱으로 깨뜨리는 소리가 각자의 내면으로 되돌아오게끔 했다.

"네 과자들은 신통치 않네, 에르빈이 아쉬웠다. 꼭 개 사료 같다."

그는 버릇처럼 자신의 손목시계를 자주 흘깃거렸다. 왜냐하면 주말 막바지 교통체증을 피할 걱정을 했기 때문이다.

"지짓트, 가야 되지...?"

"아, 그래요, 에르빈 가야죠. 어찌 되었건 오늘 저녁에 더 해야할 일은 없네."

로날드는 건물 현관까지 그들을 배웅했다. 계단층에서는 튀김요리와 곰팡이 냄새가 배어들었다. 가끔씩 그들이 지나치던 문 앞에 돌연히 나타난 탐욕스런 얼굴은 곧장 실망으로 변했다. 방들은 끊임없이 뜻밖의 방문을 희망하고 계단 단마다 삐걱거리는 소리를 망보는 독신자들로 채워졌지만 오늘 저녁은 아닐 것이다.

길에서 브리짓과 에르빈은 떠나기 전에 마지막 담배 한 가피씩을 피웠다. 그녀는 고개를 뒤로 젖히고 긴 담배 연기 한숨을 내쉬었다. 그는 이미 운전석에 자리를 잡았다.

"자, 우리 진짜 간다. 로널드, 힘 내라. 공부 열심히 해!"

"난 기도할 때만 쉬어요."

위력한 자동차가 멀어져 갔고 첫 번째 사거리에서 사라졌다. 로날드는 그래서 자신의 두꺼운 안경을 벗어 들었고 그제서야 눈뜨기 위해 줄곧 밤을 기다린 듯 돌출한 그의 푸른 눈동자들은 비밀스런 광채로 반들거렸다.

마음과 얼굴

    에르빈이 자동차에서 내리면서 넘어진 것이 이번이 벌써 두 번째였다. 그것도 연안지대 전 자동차 대리점을 위해 주요 오일 제조업체의 주체로 토론회가 열리는 호텔 주차장에서. 바지에 얼룩이 지고 어쩌면 가는 자갈에 구멍이 날 것을 걱정하면서 오른쪽 엉덩이로 반 정도 나동그라졌다. 분명 그는 대부분의 동업자들을 잘 알고 있었고 몇 분 내로 동작을 멈추고 자신의 질벅한 무릎에 관심을 쏟을 그들에게 지금 막 일어난 봉변을 단지 설명만 잘하면 되었다. 주차장의 낮은 담장에 앉아 그를 빤히 쳐다보고 있던 두 아이들을 발견했을 때 에르빈은 이미 일어난 자초지종에 대한 간략한 설명을 머릿속으로 준비했다. 내면에서 올라오는 불편한 감정을 억누르기 위해 억지로 웃을 수 밖에 없었다.

"참 나, 멋지게 나뒹굴었네."

오른쪽 귀가 미약하고 비정상적으로 그을고 거의 보라빛에 가까웠던 개중 큰 체구의 아이에게 그가 말했다.

"내가 이렇게 넘어지는 게 이번 주만 벌써 두 번째야. 성서에 나오는 것처럼, 허! 허! 허!"

열린 차문을 잡고 일어서려 했지만 그의 팔이 예전 같지 않음을 곧 확인했다. 그는 말 한마디 못하는 해외에서 돈이 한 푼도 없었던 기억을 되살렸다. 옹색함, 그래서 자신의 인간관계와 은행구좌가 아무 소용없음을 생각했다. 방랑벽 때문에 그를 체포했을런지 모른다. 그리고 불공평하다는 강렬한 감정이 그를 엄습했다. 마치 손목이 농기구에 잘리고 병원에 빨리 옮겼다면 틀림없이 목숨은 건질 수 있었을 텐데 그렇게 하지 못한 탓에 피를 너무 많이 흘려 음습한 땅에서 처절히 죽은 한 농부의 이야기를 들었었던 어릴 때처럼.

아이들은 얼굴이 땀에 절고 밝은 정장이 몸에 꽉 끼는 이 뚱뚱한 남자가 그들에게 무슨 말을 했는지 이해하려고 계속해서 그를 쳐다보았다.

"아저씨, 다치셨어요?"

결국 천진한 분위기에 호리호리한 금발의 가장 작은 아

이가 물어보기에 이르렀다.

에르빈은 이 한 가지 질문에 이미 거의 살아나 충만한 고마움으로 다시 웃었다.

"다치지 않았어, 친구야. 일시적인 약간의 불편이지. 예고 없이 오고 가는 거야. 내가 분명 이상해 보이겠지만 괜찮아. 우리가 일을 너무 많이 하면 종종 일어나는 일이지. 그냥 네가 호텔 사람들에게 나를 데리러 오라고 알리기만 하면 돼. 십오 분 뒤면 다시 걸을 수 있을 거고, 단지 약간의 휴식이 필요할 뿐이야... 스트레스야. 관리인들의 스트레스."

그가 미련스레 덧붙였다.

데스크 직원에게 이 흥미로운 소식을 알리는 것에 신이 난 어린 소년은 호텔 쪽으로 급히 뛰어갔다. 그러는 동안 한 쪽 귀가 아픈 소년이 일어서서 마치 심연의 꿈길에서 헤매는 것처럼 계속해서 아무 말 없이 에르빈에게 다가왔다. 소년이 그에게 첫 번째 따귀를 갈겼다. 그토록 허약한 사람에게는 뜻밖의 힘으로. 격분한 에르빈은 항의를 하고 싶었지만 소년은 채찍의 격렬함으로 그의 넥타이를 덥석 움켜잡더니 자기 쪽으로 난폭하게 휙 잡아 당겼다. 에르빈은 수면이 탄화수소에 의해 무지개빛으로 빛나는 진흙

구덩이 속으로 주저앉고 말았다. 화가 내면에서부터 치밀어 올랐지만 손을 간신히 짚고 고개를 들기 전에 잠시 기다렸다. 단숨에 소년이 옆구리로 발길질을 해댔다. 그런 뒤에 그의 목덜미를 발로 찍어눌러 더러운 웅덩이 속으로 그의 면상을 다시 빠뜨렸다. 에르빈은 대서양에서 오 킬로미터 이상 떨어졌음에도 불구하고 진흙에 소금기가 있는 것을 알아채고는 몹시 놀랐다. 그는 곧 사람들의 목소리를 이어 부르짖음을 들었고 나약하고 망신스러운 이런 모습을 타인들에게 보인다는 생각에 진정한 절망감을 느꼈다. 손들이 조심스럽게 그의 등을 만졌고(그가 어쩌면 웅덩이에 고개를 처박고 죽은 줄 알았을 것이다) 그의 폭행범이 운동화를 신었고 구조원들이 다가오자 조용히 달아났다는 것을 알아차렸다.

사고 소식을 듣고 달려온 동업자들이 모여있던 호텔로비까지 그를 조심히 옮겼다. 전쟁터에서 주로 다친 병사들을 옮길 때처럼 거구의 두 사내가 그의 엉덩이와 겨드랑이 아래를 떠받쳤다. 우아한 갈색 머리칼의 젊은 남자가 작은 원탁을 옮겼고 사람들에게 지시를 내리며 안심시키는 말을 폭우처럼 퍼붓는 보조를 제압했다. 에르빈은 그가 윤활유 회사직원, 상공회 주최측 사람이라는 걸 짐작했다.

가끔씩 그의 빛나는 시선이 멀리놓인 어떤 사물에 초점을 맞추는 듯 했지만 이런 부재는 잠시뿐이었고 마치 자신의 순간명상이 전문가 다운 동기부여를 한층 더 끌어올린 것처럼 계속해서 더 악착같은 헌신을 펼쳤다. 토론회는 일단 에르빈의 실신으로 심각하게 어수선해졌지만, 참석자들은 언젠가 동료의 곤궁 앞에 사로잡혔던 감정과 주최자의 방패아래 마침내 하나로 뭉쳤던 단결을 오랫동안 기억할 것이라 간주하고 이처럼 열악한 상황을 유리한 조건으로 되돌리길 재빨리 결심했다. 검은 머리칼의 젊은 남자는 다음과 같은 생각으로 기뻐서 어쩔 줄을 몰랐다. '감정과 감수성은 모든 학문적 추론보다 더욱 가치가 있지. 스테판 브라보! 넌 또 한 번 해냈어.'

인조 가죽소파 위에 누운 에르빈은 특히 자신의 오후 약속들을 걱정했다. 사람들이 구급차를 불렀고 이것이 그를 신경질이 나게 했다. 왜냐하면 병원에서는 다른 부수적인 것들과 추가로 지연될 수밖에 없는 판에 박힌 무수한 검사를 할 것이 뻔하기 때문이다. 긴 하루 일과를 마친 브리짓은 잠옷과 세면도구를 가져다주기 위해 작은 여행가방을 또다시 챙겨야 할 것이다. 아이들 중에 하나를 위해 이런 궂은일을 하는 건 당연했지만, 그는 쉰 살이 넘었고 어쩌면 단지 진지함과 자기 자신을 가누지 못한 결과로 장난처럼 기력이 감퇴한 몸뚱아리를 그녀가 보게 될 것이었다. 그는 목구멍에서 불안이 차오르는 것을 느꼈다. 그리고 제 차를 끌고 혹은 해야만 한다면 기어서라도 집으로 돌아가려고 구급차를 취소하길 원했다. 그는 이런 가설을 실제로 표현했다. 그러나 상대자는 그의 말을 듣고 나서 화를 내며 딱 잘라 거절했다.

"아니, 이 사람 좀 보쇼, 윤활유 남자가 판매 대리점 무리를 향해 칭얼거렸다. 진흙을 덮어썼네. 배하고 얼굴에 한 가득인데! 아니 봐요!... 코피까지 나네! 이런데도 혼자 집에 가겠다고, 허! 허! 허!"

에르빈은 자신이 폭행을 당했다고 설명하고 싶었지만 눌리고 보라빛 귀에 관한 자신의 어수선한 얘기는 원조자들 안에서 경악의 물결만 일으키고 말았다. 곧 미지근하고 상황에 맞는 침착하고 편안한 격려 외에 다른 말들은 더 이상 주변에서 들리지 않게 되었다. 스테판은 웃으며 그의 어깨를 두드렸다 ('제일 힘든 시기는 지났으니 이제 긴장 좀 풀어. 시원하게!'). 긴 몇 초 동안 바텐더는 푸르스름한 액체로 채워진 커다란 칵테일 잔을 머리 위로 흔들면서 다가오고 있었고 이윽고 에르빈에게 다다랐다.

"이거 마셔요, 강압적인 말투로 그가 말했다. 시체를 깨우는 집안 특제품이오."

고통과 무기력으로 짓눌린 에르빈이 묘약을 한 모금 들이켰으나 뒤섞은 독주는 상심 만큼이나 쓸쓸했다. 그는 사람들에게 자신의 집으로 데려다 주길 마지막으로 고집했다. 그의 요구는 이어 거의 조롱에 가까운 분분한 비평을 일으켰고 이마가 벗겨지고 이가 누런 한 남자가 음탕한 웃음을 지으며 그에게 고개를 쓱 내밀었다.

"이봐, 우리 고집쟁이, 하얀 블라우스 입은 귀여운 간호사들로 둘러싸일 걸. 냠냠!"

에르빈은 난처해서 울고 싶었지만, 구급 요원들이 호텔 로비로 들어섰고 축축한 손들이 두개골과 배를 두드릴 동안 그를 들것에 강제로 옮겨눕혔다. 눕혀 실려가는 것이 건강보험에 더 비싸게 지불되는 것을 그는 알고 있었다. 그리고 이 부분에 대한 신랄한 지적을 하고 싶었지만 조금의 친절이라도 줄어들까 걱정이 되어 꾹 참고 말았다. 그의 가슴 위로 약간 무거운 것을 올렸고, 곧 구급차의 커다랗게 벌린 입 속으로 자신이 다가가는 것을 보았다. 에르빈은 제 자신이 장시간 익히려고 오븐에 넣는 밀가루 반죽이나 미트로프 고깃덩어리라 생각했고, 탐욕스러운 은인들의 염려와 시선에서 벗어나는 데 일단은 만족해 한숨을 내쉬었다. 그를 뒤로하고 숨김없는 만족감이라 볼 수 있을 정도로 좋은 분위기가 다시 이어졌다. 저녁 파티는 어쩌면 플라이버스티어 요트항에서 끝이 날 것이다. 저런! 저런!

잎사귀들과 하늘 조각들이 차창 너머 빠른 속도로 행진했다. 에르빈은 출발하기 바로 직전에 누군가가 자신에게 넘긴 손가방을 살펴보았다. 그것은 기름방울 모양으로 머리를 한 감동적인 작은 사람들이 장식된 어깨끈이 달린 빨강색 가방이었다. 그 속에는 갖가지 광고 묘안들과 놀이공원 무료입장권과 다양한 종류의 농도와 점성의 윤활제 셈플들이 여러겹 단단한 플라스틱 줄 속에 담겨 있었다. 아주 오래전 학생 기숙사에서 젊은 에르빈은 자기 육체의 부동상태와 대조를 이루며 비와 태풍으로 어둠 속에서 창문을 후렸던 나뭇가지들을 침대에 가만히 앉아 관찰했던 기억이 떠올랐다. 그는 결국 차분한 감정과 구급차 안에 지금 누워있는 자신의 무력감과 동시에 의료검진을 해야 하는 다음날 귀를 멍하게 할 불안들을 느꼈다. 모든 것이 옛날과도 같았다. 그리고 젖은 창 속에 비친 외롭고 못난 제 자신을 들여다보았다.

수척한 기쁨들

　만약 열다섯 살 때 내가 어른이 되어서도 내가 태어난 해수욕장 동네에서 계속해서 살아가게 될 거라고 누군가가 나에게 미리 알려주었다면 나는 분명 분노와 경멸을 토했을 것이다. 신탁의 신에게 나는 '차라리 꼬꾸라지겠소'로 혹은 그와 비슷하지만 더 결정적인 어떤 것으로 말대꾸를 했을 것이다. 이 시절에 나는 철두철미했고 거칠었다. 그리고 그렇기는 했지만 나의 발걸음은 종종 교육청에서 연고지 없는 선생들에게 살 곳으로 배정해 준 지역 내 고지대를 향해 구불거리는 골목길로 나를 이끌었다.

　그래서 나는 마레쇼의 뜰과 고등학교 근처 녹음 짙은 오솔길과 시내의 보행자 길과 겉모습과는 달리 대서양을 둘러싸고 으름장을 놓는 마을의 해 저무는 항구로, 재래적인 산책로로 다시 접어든다. 어언 8년 전, 대입을 위해 떠나기 전까지만 해도 나는 여전히 이 마을을 눈여겨 보지 않았고 그것은 나의 시선에서 늘상 낡아 보였고 흐릿했었다. 나의 생각들이 내게 경치를 숨겼고 나의 우울함이 오래된 돌의 그을음을 뒤덮었다. 더 나중에 내가 글을 쓰기 시작했을 때에도 진정코 그것을 자각하지 못한 채 이야기의 묘사와 분위기만을 위해 겉핥기식 회상을 했었다. 그것은 곧잘 침울한 이야기를 만들어 냈고 당연히 표류물이 된 브르주아를, 술주정뱅이와 온갖 종류의 낙오자를 그 속에 살게 했다. 그렇지만 주말에 나의 부모님 집으로 데려온 친구들은 내게는 익숙한 글귀에 넋을 잃고 말았다. 특히 그들을 끌어당긴 것은 토지분양 구획을 지나 막다른 기슭에서 끝이 나고 모래와 식물 쓰레기 더미로 침범당한 기다랗게 일직선으로 뻗은 길이었다. 모래언덕들은 바다를 가리었고 두 발로 직접 걸어 들어오면 거대한 공사장의 개착을 보는 것과도 같았다.

그러던 어느 봄날 아침, 나의 아버지가 자신의 중고 자동차 직판장의 대표가 사직서를 냈다고 말했을 때, 나는 자연스럽게 내가 그를 대신해서 일하겠다고 즉시 제안했다. 어깨를 들썩했던 어머니는 내 말을 심각하게 받아들이지 않고 일하러 나가셨다. 그러나 나는 부활절 방학이 끝난 뒤에 문과 대학으로 되돌아가지 않았다. 구시가에 작은 원룸을 하나 빌렸고, 그 이후 아침 여덟시가 되면 사무실로 나갔다. 내가 맡은 업무가 평균적으로 만족스러웠다는 것을 말해야 겠다. 나는 어떠한 자부심까지도 느꼈다. 육개월 내로 거의 유토피아에 가까운 상업 목표치에 도달한다는 조건하에, 나는 나의 채용을 마지못해 받아들인 브론슨의 종전에 깔린 저항감도 깨트리고 말았다. 우리는 이후 수많은 맥주잔과 칵테일잔을 함께 비웠고, 그는 상당히 자주 제 자신에게 터진 운수들과 한 가정의 가장으로서의 불안을 얘기한다. 냉담은 무너졌다. 그러나 만약에 내가 귀를 쫑긋 세우고 가슴에 손을 얹고 그의 속내 얘기를 들어준다 하더라도, 그를 조금 섭섭하게 한 것은, 내가 나의 비밀을 좀처럼 털어놓지 않는다는 것에 있었다. 그러자면 그는 '근데 요즘 젊은이들은 이런 걸 도대체 어떻게 하는거야?...' 라고 사회학자 방식으로 보다 더 노골적으로 질문을 던진다.

걸맞지 않는 호기심. 저녁이 되면 나는 고물함 속에 밀어넣은 나의 원고들을 들춰본다. 이것을 출판사들 중에 한 곳에 보낼 결심을 해야 한다. 예를 들어 「노르베르가 옳았다」 라든지 「신비불꽃」 출판사로. 그렇지만 나는 그것을 항상 내일로 미루었고 당황스러운 이유만 남기고 여러 달과 여러 해를 흘려버렸다. 이렇게 구신학교 근처에도 당황스럽게 케케묵은 전업사가 하나 있다. 그것을 알아보려면 반드시 마을을 거닐어야 하는데 이유는 사회적이고 경제적인 모든 활동에서 동떨어진 평범한 주택가에 은닉하기 때문이다. 이 마을은 그래도 기본교육을 받은 사람들이 대부분이고 그들의 자식들은 나처럼 목표나 희망 없이 시간을 허비하며 돌아다니기 십상이다. 또 이 전업사는 내가 나의 머릿속에 추억을 쌓기 시작한 이래로 줄곧 주시해온 곳이기도 하다. 그것은 개들과 오입쟁이들의 배설물로 부식한 석회질 벽돌로 지어진 도시형 이층 주택의 아래층에 자리잡고 있다. 니스 칠한 문과 먼지 쌓인 몇몇 등잔들과 전구들은 창문 너머에서 완전히 어쩌다 진열되었다. 왼쪽 창에는 푸성귀로 만든 식전주의 떱떠름한 맛을 지닌 이국적 동음조 단어로 된 가게 이름을 아주 오래전에 흰색 페인트로 써넣었다. 예전에 고등학교 때 나는 이 집의 아들을 알고 있었다. 그가 이미 가족사업을 물려받을 예정으로 기억하지만 우리는 한번도 우리의 미래에 대한 이야기를 나눈 적이 없었다. 어찌 되었건 이 가게는 초라하고 빛바랜 분위기를 물씬 풍겼고, 누군가가 이 집 가게의

문을 열고 들어가는 것을 본 적이 전혀 없었던 것으로 기억한다. 나, 기름진 기술자들과 모터를 요란하게 가동시켰던 거구들이 차체에 쥐어 박혔던 곳에서 시끄러운 엔진과 불만족한 손님들을 받는 마을에서 중요한 자동차 정비소 사장의 아들이었던 나에게 있어서 그것은 그 시절에 이미 놀라운 것이었다.

나는 그 집의 출입문 좌물쇠를 눌러 대파 냄새가 진동하는 어둡고 습한 복도로 스며들 정도로 고등학교를 졸업할 무렵에 과감해졌다. 나의 출입이 어떤 벨을 울리게 했고 슬리퍼를 신은 부인이 무엇이 필요한지 물으러 나왔다. 나는 할인도 하지 않은 너무나 비싸게 주고 산 게임기의 평범한 건전지가 필요하다고 말했다.

그 여자는 누구였을까? 그녀는 돈 한 푼 없는 부모 밑에서 지주의 집으로 종신 고용되고 인근 시골에서 올라온 다른 시대의 가정부를 닮았다. 무심한 손님이라도 각자 인심 쓰기에 따라 그녀의 나이를 40에서 100세까지 매길 수 있었을 것이다. 왜 수입보다 걱정거리가 더 많은 이런 상점을 유지하는 데 그토록 악착스러웠을까? 어느 날 저녁, 혼자 영화를 보고 사막 같은 거리로 나와 집으로 돌아가는 길에 덧문이 닫힌 이 가게 앞을 지나쳤다. 밤 공기 속에서 떨렸고 온도와 습도에 따라 달라지고 빗방울들에 의해 끊기고 안개로 귀가 멍해지거나 봄날의 미지근함으로 환해지기도 하는 피아노 선율이 가장 먼저 불빛이 새어나오는 창문들에서 현을 탈곡했다. 아무리 찾아보아도 나는 그들이 끊임없이 들었던 곡의 제목을 알아내지 못했다. 경사로에 차를 오랫동안 주차했고 우연한 관찰자에 변화를 주기 위해 마치 누군가를 기다리는 듯 각 길 모퉁이들을 번갈아가며 살폈다. 나는 나의 고등학교 친구가 음악광이라고는 상상도 할 수 없었다. 그는 늘상 녹초가 되어 피곤해 보였고 타인의 실수와 우둔함에 넌덜머리를 쳤으며 가끔씩은 작고 하찮은 주먹을 휘두르며 믿기 어려울 정도로 저속한 욕설을 퍼부었다. 그런 뒤에 그는 마치 자신의 모든 에너지를 단 몇 초 만에 다 쏟아낸 것처럼 몇 날 며칠이 지속되는 의기소침한 상태로 빠졌다. 질문들과 빈정거림에서 달아나고 학교 무대에서 거의 벙어리로 투명인간 들러리가 된 그에게는 아무도 관심을 쏟지 않았다. 사람들은 단지 그의 아버지는 이십 년이 넘도록 자신의 집 밖을 나서지 않았고 아래층 가게에도 절대 내려오지 않는다고 말했다. 나는 노르스름한 불빛과 클래식 음악 속에 잠긴 이런 은둔자의 삶을 꿈꿨다. 이런 생활이야 말로 무기력에 의

한 감내가 아닌, 취향과 지혜의 정묘함이 그대로 받아 적힌 것이라 믿고 싶었다. 그 집에서는 절대로 고함치는 소리가 들리지 않았고 이것이 나의 생각을 더욱 굳건히 다졌다. 미래가 결국 날 보며 미소짓는 듯 했다. 그래서 나는 가벼운 발걸음으로 나의 뼈대는 타인의 입김 속에서 되살아나 다시 떠났다.

몇 미터의 아스팔트 길을 밝혔던 악보들이 원어판으로 지금 막 보고 나온 일본영화 장면들을 연상시켰다. 독일에서 어학연수를 하던 중에 코만치 병사들이 SS군 어조로 표현한 더빙판 영화를 보고 구역질이 났던 나는 이후 줄곧 마을에 있는 예술 시범관을 자주 드나들었다. 매주 금요일과 토요일 저녁이면 스파르타식 안락의자로 엉덩이가 멍들고 최소한의 촌락을 망라하는 푸르스름한 몇몇 박식한 이들의 전용 상영에 참석했다. 소리가 지걱거렸고 따닥따닥했다. 낡아빠진 복제필름은 떨리는 이미지에 사로잡힌 관람객들의 근시 눈에 철과상을 입혔다. 라이트가 다시 켜졌을 때 우리는 빈 화면 앞에서 한동안 굳어있었고, 그런 뒤에 첫번째 좌석이 서글픈 침묵 속에서 덜커덕 접혔다. 우리는 영원히 정체불명의 친구가 되어 쓸쓸한 밤 속으로 흩어지기 위해 상영관을 빠져나왔다.

이 모든 수척한 기쁨들이 나의 젊은 날을 물들였다. 오늘날까지도 이런 것들은 나에게 생각할 여지를 준다. 그럼에도 불구하고 나는 탈바꿈해야 하고 나의 앞날과 나의 산문에 창작권을 줘야 한다. 본의 아니게 많은 것들이 어떤 면에서는 내 의지와 관계없이 발전한 건 사실이다. 내가 타지에서 공부를 하느라 나의 관심이 느슨해 지는 사이 게다가 예술 시범관은 슬그머니 문을 닫았다. 해산물 채집 지역협동조합과 환등기를 소등하는 관리인들을 격려하길 더 원했던 시청의 행정이 바뀌면서 장려금이 폐지되었다. 디스코텍이나 나이트클럽의 분위기를 좋아하지 않는 나의 젊은 동향사람들은 이제부터 무얼 해야 하나? 그것은 나도 모른다. 그들이 집에서 비디오카세트를 빌려보는 것을 상상해 본다. 어쩌면 누군가는 책을 더 많이 읽을지 또 누가 알랴?

하여튼 나로서는, 나의 야행성 방황을 계속하면서 규칙적으로 고물전업사 창문 밑을 지나가고 있다. 나의 지평선에서 영화관이 사라진 반면 놀랍게도 우리 작은 동네에는 맛좋은 식당들이 즐비하고 있다. 이전에는 경제적인 궁핍 때문에 내가 이런 장년기의 기쁨을 누리는 걸 가로막았었지만, 이제부터 종업원들은 특급 포도주로 살짝 얼근해진 내가 테이블에서 일어설 때면 정중하고 다정하게 인사하며 나를 황금사자상 혹은 은방패를 쥔 단골손님으로 알아본다. 나는 가는 길에 작은 여송연을 피운다. 따라갈 방향을 제시하는 그것의 불그스름한 끄트머릴 보는 걸 좋아한다. 그것은 나의 휴대용 등대다. 여름에 그것은 마치 나를 비웃는 듯 내 눈 앞을 위아래로 날아다니는 미세한 생물들을 비롯해 모기와 이름모를 벌레 편대를 끌어들인다. 입술을 실룩거리며 나는 내 작은 여송연 끄트머리로 이 무례한 놈들을 불사르려고 애쓴다. 그것들은 가볍게 지글거리는 소리 속에 죽음을 맞이했고, 또 그건 내가 잘 한 일이다.

결국 전업사 앞에 도착하면 나는 호주머니들 속에서 매우 중요한 서류를 찾느라 잠시 멈춰선다. 그러자면 오래전처럼 광명의 리음과 아르페지오가 노르스름한 불빛과 섞여 나에게 새롭게 내린다. 나는 공기의 떨림을 잡으려고 미세한 변화에 따른 그것의 소용돌이들이 펼치는 잡을 수 없는 모티브를 포착하려고 애를 쓴다. 창문에서 그림자가 꺼질 때야 비로소 내 소소한 보물을 들고 돌아선다. 어쩌면 이 길 전체에서 나를 작은 콧수염 뒤에 숨어서 이미 나이를 가늠할 수 없는 아무개, 호색가로 혹은 기껏해야 별 것 아닌 놈으로, 어둠 속에 숨은 알량한 작은 여송연의 남자로 여길지 또 누가 알랴.

또 한편으로 이 마을에는 예를 들어, 바다일광요법 요양 병원을 굽어보는 고지에 지어진 카지노와 같이 타락한 곳들도 존재한다. 나는 강렬한 느낌을 좋아했던 레지나에게 떠밀려 어느 날 저녁에 그곳으로 올라갔다. 주차장은 커다란 외제 차들로 붐볐고 이와 함께 다른 쪽에는 훨씬 검소한 현지인들의 자동차 몇 대가 보였다. 이곳 사장은 고상한 나무와 펠트를 씌운 조명과 따뜻한 색상을 이용해 자신의 건물에 영국식 음조를 조성하고 친근하고 일류적인 분위기를 내길 원했지만 그의 노력은 어색한 사치성과 악취미만 드러내고 말았다. 똑같은 취약점이 고객층에도 나타났다. 여름에는 2프랑을 무릅쓰고 내놓은 슬롯머신 사이에서 반바지 차림으로 횡설수설하는 스포츠신문 독자들은 딜러의 재간에 목청껏 경탄하고 바에서는 적포도주나 생맥주를 팔지 않는 것에 경악을 금치 못한다. 이런 끼어들기에 신경질이 난 지역의 유명 인사들은 그래서 자기들보다 더 부유해지길 보채느라 가장 풍요롭고 양지 바른 해안 쪽으로 건너온다. 이미 텔레비전 상연 프로그램을 통해 인재들을 골라 놓을 수 있었던 재즈 4인조가 돌아오고 몇 가지 환상적인 것과 함께 카지노가 자신의 진짜 모습을 드러내려면 가을까지는 기다려야 할 것이다.

하지만 여름은 계급과 관습이 물러지고 스스로를 상실하는 계절이다. 활력적인 계절! 이것 덕분에 거리는 비워지고 초등학교와 중학교의 운동장은 결국 잠자코 있고 정화되고 공상으로 되접은 도시는 관광객들과 산책가들에게 열린다. 소중한 시간들은 바로 저기, 바다 경치가 없는 문필가 단지의 고층아파트 입구에서의 오후의 이른 시간의 그것이다. 바람은 없고 태양이 유리창과 강철을 두드리고 등뼈를 따라 그리고는 타르 위로 굴러 떨어지는 땀방울과 도망치기에는 너무나 가난한 몇몇 개구쟁이들이 걸어서 혹은 자전거로 끊임없이 휘젓고 다닌다. 대부분의 아이들은 가장 극심한 비탈길의 윤곽선을 따를 것이다. 그것은 불가피한 것이지만 유년기의 지루함 덕분에 하나나 둘 쯤은 어쩌면 다른 길을 택할지 모른다. 산이나 해외에서 휴가를 보내는 다른 아이들보다 어떤 아이들은 그들의 부동의 여름을 창고와 슈퍼마켓 근처에서 더 많이 보낼 것이고 이런 납작한 시간들은 훗날 그들의 비밀스러운 힘이 될 것이다. 언젠가는 그들도 몽유병자들처럼 무정히 떠날 것이고 이것으로 현재와 모든 복잡한 우주와 작은 도시의 미세함을 증명하기에 족하다.

나의 경우, 투지력과 미래에 대한 꿈의 결손으로 종잇장 위에 몇 자 남기는 것과 밤 거리에서 음악 몇 곡을 듣는 것으로 만족한다. 혹시라도 언젠가 이런 것들이 사라진다면 나의 인생도 동화처럼 쉬이 멈출 것 같은 느낌이 든다. 좋은 작가들을 읽으며 결국 모든 것이 닳아나고 사라진다는 것을, 존재들과 집들과 가장 뿌리깊은 나무들도 석재와 철근 콘크리트까지도 사라지기 마련이라는 것을 배웠지만 그럼에도 불구하고 나는 시간의 대서양에서 나를 숨길 작은 섬을 희망한다. 나는 내가 잠자는 동안 밤에 나를 관찰할 수 있기를 바란다. 그리하여 나는 나의 면상을 이미 시들고 늙게하는 본의 아닌 경련들을 보고 놀라서 그것들을 부드럽고도 굳센 손으로 지우고 결국 진정한 휴식을 취하고 젊음과 죽음에 한 발 더 다가설 수 있으리라.

모난 돌

　내가 어머니에게 루카와 헨리를 만나러 간다고 말할 때 그것은 결코 그녀를 기쁘게 하지 않았다. 그들이 항상 그녀에게 굉장히 정중했음에도 불구하고, 그리고 내 느낌에는 그녀가 그들을 판단하기에는 몰라도 너무 몰랐다. 그녀는 그들이 방이 두 개에 거실이 하나짜리인 우리집 아파트의 초인종을 누르고 나를 찾으러 왔을 때 드물게 그들을 보았다. 기어코 그녀는 그들이 아무짝에도 쓸모 없는 친구들로서 나에게 불건전한 교제로 생각했다. 그녀가 그들을 절대로 집안에 들여넣지 않으니 그들은 문 밖에 미련스레 서서 나를 기다릴 수 밖에 없었고 그래서 나는 창피했고 그것이 그들 때문인지 나의 어머니 때문인지는 모르겠다.

　나는 루카와 헨리를 알게된 것이 행운이라고 생각하고 그들도 나를 그들의 친구로 여긴다. 이것은 믿기지 않는 행운이고 그들과 같은 친구들을 가진 사람이 몇이나 될까를 자주 생각한다. 나는 정말로 그렇게 많지 않다고 믿는다. 내가 특별한 행운을 얻은 것이다. 만약에 당신이 그들을 알았다면 당신도 분명 그들을 좋아했을 것이다.

지난주 일요일에 그들이 우리 집에 나를 찾으러 왔다.

"요 게으름뱅이, 넌 또 어딜 가는 거야?"

어머니가 물었다.

나는 친구들과 산책을 나간다고 대답했다. 내 생각에 그렇게 하더라도 나쁠 건 없었다. 일요일 오후처럼 최악의 경우가 더 있을 수는 없다. 내가 어릴 적부터 보아 온 똑같은 프로와 똑같은 사회자가 출연하는 티브이가 건물 전체에다 대고 악을 쓰고 있었다. 사람들은 바보처럼 그 속에 빠져든다. 그들은 저녁 영화를 다 볼 때까지 소파에 널브러지고 그런 뒤에 잠을 자러 간다. 월요일이면 적어도 인생이 다시 시작할 것이고 슈퍼마켓도 열 것이다.

내가 게으름뱅이건 아니건 간에 나는 루카와 헨리를 보는 것이 더 좋다. 이날 우리는 먼저 역전에 있는 대형 커피숍 나르발에 갔다. 최근에 일을 하고 있는 헨리가 맥주를 샀다. 친구들을 위해 한 턱 내는 친구와는 아무도 문제를 일으키지 않는다. 이러한 친구들을 가진 사람은 그다지 많지 않다.

헨리는 마침 자신의 고민거리를 우리에게 털어놓았다. 자신의 막내 여동생이 슈퍼마켓에서 경비를 서는 캠프라는 놈과 놀아나고 있었다. 몇 달 전까지만 해도 도시에서 살다가 온 놈으로 도착하자마자 바로 일자리를 찾았다. 그가 거구인 건 당연하지만, 그 녀석이 녀석이 본 모든 여자들을 그것도 고르지도 않고 대부분은 다시 매달리기를 바라는 모든 여자들의 꽁무니를 쫓아다니는 이상, 같은 동네 사람들에게 그러한 것은 받아들이기 힘든 일이다. 어떤 면에서 보면 그 또한 그의 권리인 건 사실이지만 서글픈 것, 그것은 여자들이 그의 멋진 자동차와 허풍에 감탄한다는 것이다. 하지만 만약에 우리가 어떤 마을에 정착하면 같이 사는 마을 주민들을 존중해야 하고 너무 혼자 앞서가는 것은 피해야 한다. 적어도 나는 현실을 이렇게 본다.

그 녀석, 녀석은 길에서 결코 어렵지 않게 주차할 자리를 찾았다. 그의 빨간 자동차와 가죽 잠바를 발견하지 않고서는 밖에서 걸어다닐 다른 방법이 없다. 우리는 처음에 신경도 쓰지 않았다. 우리와는 상관이 없었으니. 그런 뒤에 그 놈이 아직 고등학교를 다니고 있는 헨리의 막내 여동생인 티나의 주변을 얼쩡거리기 시작했다. 그는 그녀가 수업을 마치고 나올 때까지 자신의 자동차 안에서 기다렸고 모두들 앞에서 클랙슨을 울렸다. 그 또한 자기 권리이긴 하지만 헨리의 입장도 이해를 해야 한다. 티나는 아직 어리고 그녀 자신은 알아차리지 못하더라도 이렇게 작은 마을에서 여자 아이의 행실은 소문이 빨리 퍼진다. 여동생을 가지고 있다는 건 무거운 책임감이 따르고, 나는 내가 이런 상황에서 벗어난 것이 만족스럽다.

헨리는 먼저 티나에게 차근차근 설명하길 원했으나 그녀는 코흘리개처럼 반응했다. 그 나이 때에는 자신이 모든 걸 다 알고 조언은 필요가 없다고 믿는다. 그래서 헨리는 야간 당직자 캠프를 찾아갔다. 거기에서도 일은 좋지 않게 풀렸다. 그는 거만하게 굴면서 평화롭게 찾아온 헨리를 남색가 난쟁이 취급했다. 그는 여동생과 자신이 원하는 대로 할 거라고, 너, 헨리는 네 친구들과 말하자면 나와 루카와 함께 당구나 치러 가는 편이 더 나을 거라 말했다. 그런 이후에 캠프는 더 이상 아무런 거리낌 없이 헨리를 보는 즉시 증오와 터무니 없는 말로 고함을 지르며 가족이 사는 건물 앞으로 티나에게 키스를 하러왔다.

이것은 이웃들이 깔깔대며 웃고 꼬마들 마저 헨리를 우롱한다고 믿을 만큼 끔찍스러운 스캔들이다. 그 누구도 이런 일을 오래 견디지 못할 것이다. 헨리는 잠을 통 못 잤고 계속 신경질이 났으며 한번은 제대로 캠프를 두드려 패고 싶었지만 그는 무술 유단자이다. 그는 그만한 자격이 없지만 그게 그의 직업이고, 모든 건 주먹으로 아무 것도 두개골 속에 훈련하기 말고는 달리 그가 할 일은 없었다.

그래서 루카가 작전을 제안했다. 그가 오랫동안 그것을 고민했는지는 모르겠지만 루카는 매사에 모든 것에 대한 이론과 설명을 가지고 있고 또 그것은 무척 인상적이다. 나는 캠프가 티나를 싫증낼 때까지 기다리기를 더 원했고 내가 이 말을 했을 때 헨리가 화를 냈다 하더라도 내 생각에 그것은 단지 시간 문제에 지나지 않았다. 그러나 루카는 상당히 호소력이 있었고 나는 내 의견을 끝까지 주장할 수 없었다. 다른 사람들의 주장은 나에게 늘 단호하게 비치고 나는 납득할 만한 답을 찾는 데 많은 시간을 들인다. 학교에서도 그러했지만 이번에도 설복될 수 없었고 최악은 내가 그것을 깨달았다는 것이다.

그래서 루카가 자신의 계획을 말했다. 한때 외인부대에 입대하는 것을 알아보았을 정도로 그는 모험을 좋아한다. 그의 주장에 따르면, 누군가가 그에게 대드는 것이 익숙치 않은 캠프를 단지 주눅들게 하는 것으로 충분했다. 무언가를 원하고 원했던 것을 얻고, 그것은 마치 사람들과 사건들이 자신들의 의도에 순순히 복종하는 것이나 다름없다고 생각하는 사내들이 있다. 하지만 루카가 말하길 언젠가 한 번은 그가 어려움에 처한다는 것이다. 그 어려움이란 바로 우리가 될 것이고, 루카가 호주머니에서 꺼낸 바로 이 검은 물건이 될 것이었다. 그가 버튼을 눌렀고 마치 결투라도 하는 것처럼 얇은 날이 건조하게 철써덕철써덕 소리를 터트렸다. 커피숍의 손님들이 놀라 소스라쳤지만 루카가 이미 자신의 칼날을 숨긴 뒤였다. 그가 낮은 목소리로 덧붙였다. 태연하게,

"내가 그쪽 방면 사내한테 이걸 샀지. 그도 이미 써봤데."

그가 이런 말을 한 것을 곧바로 후회했지만 우리를 안심시켰다.

"단지 캠프를 겁주려는 것일 뿐이야. 그가 우릴 얼간이 취급했지만 이 허풍날이라면 생각이 바뀔 거야. 티나를 내버려 두고 리통(헨리)을 귀찮게 하지 말라고 우리가 경고하는 거야."

작동 장치를 누를 엄두도 못 내면서 헨리와 나는 칼날을 살펴보았다. 헨리는 마치 도박이라도 하는 것처럼 열이 난

모양이었다. 그는 머릿속에 가득찬 생각을 휘젓고 거의 아픈 사람처럼 보였다. 한편으로 다행히 루카는 결정을 내릴 줄 알았고 설득력이 있었다. 내가 오늘 그때를 다시 생각하면 아직까지도 충격적이다. 루카는 항상 헨리와 내가 커피를 마실 것까지도 알아서 모든 결정을 다 내렸다.

이번에는 인생에서 중요한 건 결심이라고 그가 덧붙였다. 캠프는 주먹과 자동차로 우리를 주눅 들게 했지만 우리는 칼날로 그를 훨씬 더 위협할 것이다. 이어질 다음 계획을 짰고 결국 패를 나눌 방법을 서로 주고받았으며 그것이 다였다. 그의 생각은 우리에게 상당히 알맞아 보였다. 인생에서는 배짱이 두둑해야 하고 나는 그것을 이미 알아차렸다.

내가 영향을 받도록 내버려 둔 건 사실이지만, 만약에 당신이 이날 루카를 만났더라면 당신도 설득당했을 것이다. 너무나 확신에 찬 그를 보는 것이 위로가 되었고 더군다나 헨리는 우리의 친구이고 그를 미치도록 만드는 궁지에 계속해서 몰리게 내버려둘 수도 없었다. 우리는 바로 실천에 옮길 결심을 했다.

일요일 오후면 캠프가 동네 축구팀에 들어가 시합을 한다는 것을 헨리가 알고 있었다. 그가 일자리를 구한 것도 이곳에 와 살게된 이유도 바로 그 때문이다. 작전은 그가 변두리에 임대한 작고 누추한 막집에서 기다리기만 하면 되었다. 그가 아파트에 사는 것을 싫어한다는 소리를 들었고 그래서 어쩌면 그곳이 작전을 실행하기에 적격이었다. 우리는 그래서 셋 다 함께 그곳으로 향했다.

일요일 오후는 이러한 모험을 하기에 이상적이다. 왜냐하면 사람들은 모두 자기 집 안에 틀어박혀 티브이를 보고 마치 전세계를 원망이라도 하듯이 밖에서 일어나는 일에 전혀 신경쓰고 싶어 하지 않기 때문이다. 캠프는 거의 대부분의 집들이 뒤편에는 고구마밭과 앞뜰에는 저질 축구경기장처럼 하찮은 잔디밭을 둔 형편없는 정원을 두른 절박한 주택단지에 살았다.

우리는 뒤쪽으로 숨어들었다. 루카가 타일을 하나 깼고 정말이지 들어가는 것은 너무나 쉬웠으며 결심만 하면 되었다. 한번 실내로 들어서자 아무도 무엇을 해야 할지 몰랐다. 집안은 더러웠고 짐승의 고린내가 났다. 캠프를 기다리는 건 매우 길고 짜증스럽게 느껴졌고 우리는 그의 맥주나 위스키를 건드릴 엄두도 못 냈다. 혹시 모를 일이니 그가 우리의 협상을 받아들인다면 어쩌면 서로 친구가 될지도 모르고, 허락 없이 맥주 한두 캔을 땄다는 이유로 그

를 화나게 하는 건 멍청한 짓이라고 우리가 말했던 것이
기억난다.

결국 한 시간쯤 뒤에 좌물쇠 돌리는 소리가 들렸다. 들어
서자 마자 캠프의 목덜미를 낚아채려고 루카가 거실 문 뒤
로 재빨리 숨었다. 우리는 셋 다 몹시 창백했고 나는 식은
땀을 흘렸던 것 같다. 나는 헨리가 검은 가죽장갑을 꼈다
는 걸 비로소 알아차렸다. 굉장히 인상적이었다. 마치 그
를 건드렸던 것처럼 ─ 이런 단어를 쓴 건 루카이다 ─ 그리
고 그는 왼손에 접이식 칼을 잡았다.

캠프가 문을 밀었을 때 루카가 그를 덮쳤고 헨리가 고함
을 치며 허풍날을 울렸다.

"꼼짝마, 아니면 찌른다!"

그런 뒤에 영화에서처럼 나에게 캠프를 수색하라고 지시
했다. 열쇠 꾸러미와 내가 별 생각 없이 열었던 지갑을 제
외하고는 아무런 흥미로운 것을 찾지 못했다. 사실 나는
내 앞에 있는 사람이 캠프임을 확신할 정도로 그를 잘 알
고 있었으나 신분을 확인하는 것처럼 그의 카드들을 꺼내
확인했던 것 같다. 하지만 무언가를 행하면서 생각한다는
건 어렵고 우리는 대부분 반사적으로 움직인다.

첫 당황이 지나가자 그는 우리를 대수롭지 않게 여기며

비웃기 시작했다. 전혀 주눅이 든 것처럼 보이지 않았다. 하지만 내가 지갑을 여는 것을 봤을 때, 그는 자신의 돈을 노리는 줄 알았을 것이다. 모든 것이 미끄러진 건 바로 여기서였다.

캠프는 진짜 생쥐, 마치 그래서는 안 될 것처럼 구두쇠였다는 것을 말해야겠다. 차를 마시거나 디스코텍 입장료를 내는 건 여자들이었다. 그는 어깨를 한 대 치고 곧장 루카에게서 벗어나 나를 향해 서둘렀다. 그 다음은 굉장히 어수선했는데 나는 단지 헨리가 펄쩍 뛰는 것처럼 앞을 향해 갑자기 달려드는 것을 보았다. 캠프가 고함을 질렀고 나를 내버려두었다. 큰일 날 뻔했다고 생각했다. 우리는 정문으로 달아났고 각자의 집으로 돌아갔다.

같은 날 저녁에 우리를 다시 모이게 한 건 경찰들이었다, 경찰서에서. 내가 돌아왔을 때 어머니는 뭔가를 의심했고 나에 대한 투철한 직관을 가졌었다. 나로서는 보통 때처럼 마음이 편치 않았다.

내가 감방에서 잠을 잔 것은 난생 처음 있는 일이다. 어머니는 루카와 헨리가 잡배들인지 진작에 알아보았고 전부다 나쁘게 끝날 거라는 말만 계속해서 반복했다. 헨리는 분명 일자리를 잃을 것이다. 어떤 면에서 보면 이 모든 건 애통한 이야기에 불과하다. 병원 침상에 누운 캠프는 누군가가 자신의 돈을 노렸다고 생각할 것이다. 가장 멍청한 것은, 우리가 왜 갔었는지를 그에게 설명도 할 수 없었다는 것이다.

소송은 다음 달에 있을 예정이다. 루카는 누가 칼을 들었는지 재판관에게 말하지 않았다. 그는 완전히 얼빠진 모습이었다고 한다. 헨리도 아무 말을 하지 않았다. 그의 여동생은 캠프를 마치 영웅처럼 – 그건 왜 그런 건지 참 궁금하다! – 간주하고, 그 둘은 약혼을 할 것이다. 실은 오래전부터 그들이 이것을 몰래 결심하고 있었다.

전반적으로 나는 캠프가 왜 자신의 장래 매형에게 사실을 숨기고 있었는지를 그리고 왜 나에게 덤터기를 씌우려 했었는지를 이해한다. 모두가 맛대가리 없이 굴었고, 이건 사실이다. 그리고 특히 자신의 행동에 책임지고 자수를 했어야 하는 헨리. 그럼에도 불구하고 이제 캠프는 정식으로 결혼할 결심을 했고 그가 이젠 더 이상 아무 의미 없는 사건과 가족 모임을 망칠 만한 추억을 잊어버리길 바란다는 것도 이해하게 되었다.

주어진 상황에서 어떻게 잘 처신해야 하는지를 안다는
건 늘 어렵다. 어떤 관점에서 보면 헨리는 신의있는 사람
은 아니지만 어쩌면 캠프를 화나게 만든 나를 원망하고 있
을지 모른다. 나는 생각 없이 행동했고 지금은 그 결과들
의 댓가를 치르고 있는 중이다. 헨리가 입을 다문 것에 어
쩌면 일리가 있을지도 모른다. 나 또한 사실을 털어놓지
않을 것이다. 헨리는 나에게 있어 항상 친구였다. 내가 어
쩌면 한동안 그와 같이 낼 수 없다 하더라도, 그는 이렇게
지독한 일요일에도 주저 없이 나에게 맥주 한잔을 샀다.

불길에서

　지형의 습기와 타일들이 바람에 노출된 정도에 따라 돌에 새겨진 몇몇 글자들을 삼 년에서 오 년마다 다시 도금하였다. 회상위원회의 직원은 일할 준비가 된 젊은 임시직원들을 보통 소형버스 한 대 정도로 데려왔다. 그는 하기휴가 동안 고속도로 전용 버스들에게 허용된 원격주차장이 있는 무역항 근처 고속버스터미널에서 매일 아침마다 그들을 기다렸다. 젊은이들은 운전수와 팀장에게 수줍게 인사하며 차에 올라탔고 그런 뒤에 곧바로 사유지에 도착하기 위해 시가지를 거슬러 올랐다. 뜸한 보행자들은 마을을 대표해서 싸우러 가는 운동선수팀이거나 어쩌면 특별교육시설로 이송 중인 초보 범죄자들 무리로 여겼을 것이다.

　회상 위원회에서 일한지 근 삼십 년이 된 이래로 감독관은 길가에 버려진 여남은 무덤들이 안치된 작은 묘지라 할지라도 길을 찾으려고 지도를 펼쳐 볼 필요가 없었다. 어떤 해에 작업반은 오로지 거대한 공동묘지 관리에만 특별 파견되었고, 소형버스는 단지 여름철의 성장과 기울음에 의한 미묘한 변화만 느끼며 두 달간 매일 한결 같은 코스를 이동했다. 바퀴는 계절이 바뀔 때마다 꽃잎들을 이어 바닥에 떨어진 열매와 낙엽들을 짓눌렀고, 그들이 묘지를 떠날 땐 늘 해가 저문 뒤였다.

그러나 원칙적으로 각각의 작업장은 국기와 추모비 둘레의 묘석 계열 전체를 쇠로 된 쇄모로 긁기에 충분한 기간인 너덧 달이 걸렸다. 원칙에 따라 감독관은 마치 늘 새로워져야 하는 반을 만들어야 하는 임무라도 띤 것처럼 매일 아침마다 똑같은 지시를 반복했다. 협회에서 빌려준 그들의 로얄블루 덧옷 속에 젊은이들이 모두 서로 닮았던 건 사실이고, 의치를 한 남자는 불안정하고 가릴 줄 모르는 이 젊음을 불신했다.

"자, 모르는 사람이 아무도 없도록, 내가 처음부터 다시 설명한다. 반드시 묘석들을 잘 긁어내야 하고 곰팡이와 이끼들은 철저히 걷어내되 긁힌 자국을 남겨서는 안 돼. 그리고 특히, 특히, 글자들은 절대로 지워서는 안 돼! 인각의 깊이는 시종 같아야 한다. 금도금은 작업에 착수하기 전에 털끝 하나 남지 안토록 모든 걸 깨끗하게."

그는 잠시 입을 다물었고 낯들을 유심히 살핀 다음, 갑자기 무시무시한 손가락으로 사내들 중에 하나를 가리켰다.

"너!!! 내가 너를 팀장으로 임명한다. 최소한의 문제가 발생시 책임은 너한테 있어. 다른 사람들은 내가 모르는 사람들이야."

이 말을 하면서 감독관은 소형버스에 올라탔고 자신이 감시하고 있다는 걸 보이면서 일과 중에 느닷없이 나타날 준비를 하면서 오묘한 활동을 하러 떠났다. 예전에는 이렇게 임명된 팀장이 어쩌면 책임감의 무게에 짓눌려 갑자기 더미처럼 주저앉았던 일도 있었다.

천만다행으로 작업반 내에서의 악의는 조금밖에 발생하지 않았고, 영향력있는 부모로부터 후원받고 한 해 동안 학업이나 대학생활에 필요한 개인적인 지출을 감당하기 위해 여름해변을 포기했던 사실상 성실한 청년들이 대다수였다. 그들은 태양이 정점에 다다를 때인 오후에 그늘에 있기 위해 소관목들과 쥐똥나무들로 보호받지 않는 부분부터 작업하려고 묘석들 사이로 흩어졌다. 소형버스 안에서 시작했던 이야기를 계속하고자 하는 희망으로 주로는 두 동료가 묘석 한 열을 함께 맡았다. 하지만 시멘트에 쇄모 긁는 소리는 이를 시리게 했고 눈과 기관지를 따끔거리게 하는 가는 돌 가루를 휘날렸다. 매우 빨리 농담들은 멎었고 작업은 침묵과 더위 속에서 지속되었다.

청년들 약 열두 명이 무덤 앞에서 무릎을 꿇고 하루를 보냈다. 이따금씩 그들 중에 하나는 등과 허벅지 근육을 이완시키려고 인상을 찌푸리며 일어섰다. 저림이 가시면 뻣뻣한 걸음걸이로 기념비로 연결되는 중앙 통로를 향했다. 지하 납골당 내부에는 그 어떠한 경우에도 잠재적 방문객들에게 들키지 않도록 음료수병들과 샌드위치들이 숨겨져 있었다. 단원들은 성소 안에서 위안받으려고, 엄금으로 묵인된 담배 한 개피를 피우려고 혹은 방명록 위에 외설을 써넣기 위해서라도 차례대로 자리를 떴다.

갈고 솔질하는 온종일은 벌판 한 가운데 완전한 고독 속에 흘러갈 수 있었고, 그리고 갑자기 그들이 나타났다. 꾸미지는 않았지만 단지 검은 안경테에 카메라를 멘 그들. 그들은 고속도로 휴게소에서부터 만원경으로 노동자들을 염탐했던 것일까? 그들은 제자신들의 비탄에 잠겼으나 청년들 중에 한 명이 주목나무에다 대고 오줌을 다 눴을 정확한 그 시점에 들이닥치길 강요한 신비로운 본능에 의해 경고를 당했나? 하여튼, 규정을 몇 주간 세심히 관찰한 이후라면 단 한가지의 위반으로도 그들의 도착을 부추기기에 충분했다. 그들은 아무런 말이 없었다. 그리고 언어의 장벽이 말살될 수 있었다 하더라도 어쩌면 침묵을 지켰을 것이다. 실수를 저지른 사람은 조심스럽게 자세를 여미었고 임무를 결국 끝마쳤으며 도구들을 그러모으거나 작업복에 먼지를 떨어내는 시늉을 했다. 방문객들, 그들은(분명 전부 가족인, 왜냐하면 모두 다 종류별로 반바지를 차려입었고 몸의 특정 부분에 똑같은 비만을 낙인찍었기 때문에) 신원미상 군인이 안치된 정확한 장소를 전산기록에서 찾아낸 회상위원회에서 공급한 정보 덕분에 무덤 주변으로 다시 모여들었다. 어른들이 사진을 찍을 동안 숙연한 아이가 목가적인 꽃다발을 내려놓았다. 그들은 그래서 사라진 육신을, 용맹한 선각자를, 잔디밭에 누웠고 태양으로 붉게 물든 그들의 얼굴에 반사했던 영광스런 희생, 영원한 젊은이를 정말 생각했을까? 이런 묵상의 순간을 깨뜨리지 않으려고 솔과 긁기를 잠시 내려놓았던 이들은 그것을 믿지 않았다. 우리가 그들에게 매일 반복했던 존경과 조심성의 규칙은 죽은 자들보다 산 자들에게 더 가치있다고 간주하면서 ('우리는 진정한 추억 지킴이다.' 고 조용히 핑계를 댔다.

우리는 각각의 돌을 문지르고 모든 기호를 해독하고 우리의 땀은 장미나무를 침수한다. 오늘 저녁에 당신들은 캠핑카로 멀리 실려가 있을 것이다. 당신들은 묵상하면서 나중에 먹을 삶은 달걀과 곡류샐러드를 생각한다. 우리는 죽음과 그를 이해한다. 시간의 흐름에서 젊음을 구했고 그도 마찬가지로 우리처럼 긴 여름철 내내 우리가 활보하고 우리가 최선을 다하여 보살피는 이 땅과 연결되어 있다. 당신에게는 이곳이 해변으로 향하는 길가에 휴게소일 뿐일지라도) .

이틀 뒤에 버스 터미널에서 회상위원회의 직원이 자신의 작업반에게 앞으로 일렬 정렬하라는 지시를 내렸다. 전날 자신의 상사가 모욕당한 어느 가족의 항의를, 그처럼 무례한 잘못을 저지른 어림잡은 설명을 전했다. 밤새도록 그는 신성모독을 씻어낼 수 있는 유일하게 끔찍한 징벌을 생각했다. 그는 잔인하고 살을 에는 듯한 설교를 어둠 속에서 되풀이했지만 지금, 이 열두 명의 우둔한 일꾼들의 면전에서는 그 어떤 모진 말로도 더 이상 충분치 않음을 느꼈고, 잘 생각해 보면 결국 가장 큰 문제는 자신의 직업 세계를 훼손시킨 이 청년들을 산 채로 매장시킬 사설 묘지를, 도화선을 당길 곤욕의 정원을 꿈꾸며 부르르 떨다가 말을 멈추었다.

에르빈의 두 아들은 이와 같은 무대를 여러번 겪었다. 로널드는 감독관이 이런 식으로 작업반에게 말했을 때 올해의 주연을 맡았다.

"내가 이 일을 한지 삼십 년이 됐지만 이처럼 고인을 모독해서 나를 까무러치게 한 적이 없어! 절대로! 그리고 너희들, 네들은 그 더러운 악취미에 쓸 돈을 끌어모을 두 달이면 되겠지만, 우리 고인들에게 침 뱉고 서비스 평판을 끝장내면 다야!!!"

고통과 거대한 포탄이 떨어지는 것을 참느라 구부정한 군인을 상징했고 위원회의 약호로 시작하는 특이한 로고가 박혔던 잠바를 입은 이 젊은이들 중에 죄인을 너무 빨리 잡아내지 않으려고 그는 하던 말을 잠깐 멈추었다.

"너, 코브라."

결국 그가 뚜렷한 혐오감이 섞인 시선으로 로널드를 위아래로 훑어본 뒤에 손가락으로 가리키며 말했다.

"내가 너에 대한 모든 증언을 가지고 있으니까 입 닥쳐! (겁에 질린 로널드는 아무 말도 못했다) 추억의 정원에서 설탕 도넛은 먹지 않아!!!"

감독관은 마음 속 깊은 불행을 느낀 것처럼 보였다. 그는 목소리를 낮춰 다시 말을 꺼냈다.

"그 모든 경고와 그 모든 주의에도 불구하고 내가 실패했어... 너희들은 한 반이고 공동체의 잘못이니 동료를 위해 전부다 같이 벌을 받을 거야. 올라타!"

이날 그는 추수철이 다가오는 보리밭으로 뒤덮인 고원으로 그들을 데려갔다. 평소와는 달리 그는 하루종일 그들 옆에 붙어 있었다. 주변에는 나무 한 그루가 없었고, 위원회 직원들은 이곳을 그들끼리 은어로 징계의 묘라 불렀는데 이곳이 평소 징벌을 집행하는 장소였기 때문이다. 곡식들은 팔월의 땡볕 아래 희끄무레했고 먼지가 금속 솔과 사포질 아래 구름을 이루기 시작했다. 로널드는 다른 사람들과 같이 일하는 것이 금지였고 소형버스의 그늘 아래서 감독관을 따라다녔다. 남자는 시원한 음료수와 읽을거리 가지고 왔는데 추리 소설책을 뒤적이며 가끔씩 거의 우정어린 몇 마디도 건넸다.

"탐정 소설의 문제는 날 우울하게 한다는 거야. 그래도 내가 한 가마분을 끝까지 다 읽었지. 나도 어쩔수 없고, 그러니 점점 더 우울해져. 이 모든 밑진 장사 해결법 얘기들과 이 모든 시체들... 적어도 우리 시체들은 꽃밭에, 공기 좋은 야외에 줄져있잖아. 가지런하고 깨끗하고 선명하지, 또 그렇게 하려고 우리가 이 고생 하고 있고. 그런데 이런 책에 나오는 녀석들은 인생을 주차장이나 매립장에서 끝내고 완전히 화강암으로 된 변두리 묘지나 동네 시궁창에서 묻히지. 너도 알게 될 거야... 어이, 거기 뚱보! 양귀비 꽃 조심해. 손님들이 제일 좋아하는 꽃이야!"

공기가 무더위 속에서 굼실댔다. 식물도 숨이 막혔고 곤충들의 침착하고 건조한 인생이 유일하게 웅크린 일꾼들의 기분을 달래줄 수 있었다. 시선을 출구 쪽으로 돌리면 그들은 감독관의 은빛 머리칼과 로날드의 안경 유리알과 소다수 깡통이 태양빛 아래 반짝거리는 걸 보았다. 이따금씩 그들 중에 한 명이 흐르는 땀 속으로 끈적히 달라붙는 파리나 개미를 따귀로 후려 뭉갰다. 미세한 몸뚱이들은 발과 더듬이를 작은 고기만두로 오그라뜨리고 돌 위로 떨어졌다. 저녁까지는 여남은 마리에서 백여 마리까지 거기에서 죽어갔다.

버스 터미널로 돌아온 뒤, 윌리암이 앞장선 청소부들은 면상을 후리고 발로 폐유 속에 잠시 굴리기 위해 로날드를 지하주차장으로 데려갔다. 지나갈 다른 것들 중에서도 특히 안 좋은 시기였을 뿐이었다. 그의 입과 콧구멍에서 피와 씁쓸한 액체가 가득 찼고 그는 깨진 안경 파편을 더듬거리며 찾느라 많은 시간을 들였다.

유리 눈물지었던 여인

　여사장은 병원에서 전화가 왔다고 브리짓에게 알렸다. 목소리가 동정어린 톤을 띠었다. 원칙적으로 부득이한 경우를 제외하고는 일하는 시간에 개인적인 통화는 금지였다. 사실상 증명서를 발급하는 조건으로 유일하게 허락된 외출은 경찰서와 다양한 응급치료 센터 뿐이었다. 이미 오래전에 너무나 비극적인 기억으로 남은 바다일광 요양병원에서 일어난 대다수의 전기사고가 일어나기 이전부터 수선집 여자는 폭행 절도를 저지른 약물 중독자 아들 때문에 경찰서로부터 굉장히 자주 전화를 받았었다. 모든 이해심에도 불구하고 여사장은 불행한 어머니에 대한 고민을 해야 했고, 이유는 방수벽으로 사적인 문제가 범람하는 직업세계를 보호해야만 했기 때문이다. '방수벽'이라는 단단하면서 동시에 참신한 표현이 여사장의 마음에 썩 들었다. 그녀는 광택을 지워 불투명한 유리문에 금박으로 '사생활'이라 쓴 글자를 조용히 되뇌며 상상했다. 마지막으로 걸려온 전화는 수선집 여자의 아들로 추정되는 시신을 지하 주차장에서 발견했고 확인하러 와야한다는 것이었다. 그녀는 비옷을 걸쳤고 뿌리 부분은 허옇고 구리색으로 변한 머리칼을 뒤로 풀었다.

"가 봐야 겠어요. 부인."

"당연히 그래야죠. 마리아."

하지만 마리아는 동료들의 기다림을 저버리고 다시는 되돌아오지 않았다. 그녀가 옷걸이에 걸어두고 간 유일한 스카프가 이 슬픈날을 기억나게 했다. 그것은 가게 문이 세차게 열릴 때면 교수대 끝에 매달린 밧줄처럼 부드럽게 흔들거렸다. 아무도 걷어내지 않았고 어쩌면 징크스에 의해 혹은 지하세계의 무명의 국기라는 이유로 그리고 화학 물질에 굶주린 그것과 포도주 애호가들의 본능과 눈먼 방구석에 처박히려고 해변과 바닷가로 시선을 돌린 이국 형제들의 여름철의 살찜이 이유였다.

인파가 적게 몰리는 시간에 브리짓은 자신의 눈뜬 공상에서 아무것도 진정시킬 수 없고 고향으로 되돌아갈 수 없는 마리아의 망가진 아들, 납빛 유령을 또다시 생각했다. '비교를 하자면 내가 윌리암과 로널드와 같은 아들을 가진 건 행운이야. 우리 아들들은 나름대로 명석하기까지 하지. 어렸을 땐 모든 희망이 다 이루어질 듯했지만 이제는 전에 한번도 본적 없는 식충식물, 열대림 식물처럼 커버렸네... 예전에 녀석들은 훨씬 더 단순했지. 욕망도 있었고 외출과 무도회를 좋아했고 운동과 자동차에 열광했고. 여름날 토요일 저녁이면 밀물처럼 대로로 흘러들어 웃음과 농담으로 대서양의 소음을 뒤덮었지. 밤 늦게까지 작은 친구무리와 함께 창문에서부터 그들을 주시하는 어른들은 거들떠보지도 않고 수다를 떨었어. 그런 다음 하나씩 차례로 사라졌네. 어둠 속에서 꺼지면서 끝났던 그들의 담배도 마찬가지로 보도 위에 재도 한 톨 안 남기고 영원히 흩어져 버렸군.'

그녀는 너무나 갑작스럽게 끝을 맺은 마리아의 이야기를 다시 생각했다. 충격은 매우 잔인했지만, 어쩌면 마리아는 미련 없이 과거를 잊고 다른 곳에서 새인생을 시작할 수 있었을 것이다. 마지막으로 경찰의 전화를 받았던 날 그녀는 더이상 잠들지 않을 방 안에 폐지들은 거들떠보지도 않고 영안실도 들르지 않고 어쩌면 기차를 타러 기차역으로 곧장 갔을지 모른다. 브리짓은 입술을 오그라트렸고 여사장이 건넨 수화기를 잡는 순간 마리아의 쭈글쭈글한 사과 낯빛이 기억 속에 떠올랐다. 마을 반대편에서 그녀의 남편이 '길거리에서' 쓰러졌다고 어떤 남자가 설명했고 건강검진을 받아야 된다고 했다. 에르빈이 창피하고 터무니없는 잘못을 저질러 우리가 감금하기로 결정했다고 해도 믿을 정도로 그의 목소리는 침울했고 설명은 어수선했다. 브리짓은 수화기를 내려놓았고 여사장 쪽으로 몸을 돌렸다.

"제 남편이 잠깐 기절했데요. 최근에 일이 너무 많았거든요. 병원으로 급히 가봐야 될 것 같아요. 혹시라도 뭔가 필요한 게 있을지 모르니까요."

"가봐요. 남자들은 아플 때 다독여 주길 바래요. 우리보다 훨씬 나약하죠. 그리고 주로는 좀 안 좋은 것 뒤에 큰 게 숨어있기 마련이에요. 특히 그 나이 때는."

차를 타고 가는 동안 브리짓은 아침에 우편물 속에서 출처를 가늠하기 힘들었던 편지를 발견했을 때 느꼈던 것과 비슷한 궁금증이 다시 일어나서 놀라웠다. 그녀는 그래서 미스터리의 편지를 자신의 손가방에 밀어넣고 일하러 갔고 그것을 여태껏 열어볼 시간이 없었다. 점심시간이 끝날 즈음에 그녀는 머릿속으로 몇 가지를 추측해 보느라 막연히 웃으며 담배연기 속에서 무명인의 손 글씨를 알아보려고 다시 한번 애를 썼다. 결국 그녀의 붉은 손톱이 편지를 뜯었다. 사적인 판매를 위한 것이거나 연락을 안 한지 오래된 사촌의 은밀한 요청이 담긴 개인 초대장이 드러났다. 브리짓은 연기를 멀리 내뿜었고 종이를 공처럼 구겨서 커피숍 구석에 쓰레기통이 없는지를 찾았다. 직장으로 돌아갈 시간이었다.

이날 저녁 병원에서도 그녀에게 희소식은 없었다. 저녁이라곤 굵게 채썬 당근과 묽은 감자곤죽과 냄새 나는 햄이 전부인 난폭한 세계에 잠들게 한 이 봉변으로 당황하고 피곤한 에르빈은 전분으로 뻣뻣해진 침대시트 속에 가만히 누워있었다. 내일이면 긴장이 풀릴 것이고, 로널드가 수두를 앓은 이래로 보지 못했던 가족 주치의로부터 나중에 검사 결과만 통보 받게 될 것이다. 회색 환자복을 입은 에르빈은 티브이 뉴스를 보면서 미국 형무소의 수감자들과 제 자신을 마음속으로 비교했다. 그는 자신의 처지가 불쌍했지만 하소연해 봤자 고독감만 더욱 가중시킬 거라는 걸 느꼈다.

"미국 말이 나와서 하는 말인데, 그가 큰 소리로 계속했다. 거기에서만 어린 갱단을 마주치는 게 아니야. 내가 한번도 본 적 없는 꼬마 놈한테 공격을 당했단 말이지. 일단

진창에 머리가 처박힌 뒤에 에라이! 옆구리에 발차기를 실컷 해대더니 결국엔 봐!"

"말 좀 꾸며내지 마요. 의사 선생님 만났는데 당신이 기절했다고 했어. 어쩌면 스트레스와 콜레스테롤 때문일 거래. 넘어지면서 다친 거고 또 상처도 너무 가벼워서 더 말할 가치도 없어."

"이상하지... 녀석은 심하게 녹아내린 빨간 귀를 가졌어. 그 나이 때는 특히 여자아이들 때문에 신체적 결함을 가진 게 쉽진 않을 거야. 내가 그놈을(내색을 안 했어야 되는데) 불쌍히 여긴다고 느꼈을 거고 그게 바로 녀석을 화나게 한 거지. 반응이 이해는 돼. 어떤 면에서는 오히려 긍정적인 모습을 보인 거야. 자신의 귀를 창피하게 여기기보다는 제기를, 깃발을 휘두른 거지."

브리짓은 복도에서 들려오는 쟁반과 카트 끄는 소리에 이끌렸다. 야간근무 교대조가 조만간 일을 시작할 것이고 저기 커피 자판기와 환한 전광판 근처에서 간호사들의 기막히게 수다 떠는 소리를 곧 듣게 될 것이다.

"당신 동업자한테 전화를 걸어야겠어. 혹시라도 급히 사인할 서류가 있으면 당신이 돌아온 후에, 내일 저녁에 집으로 들르라고 말할게."

그녀는 와이프가 죽은 뒤로 신경질적이고 약간 상스러운 이 남자가 어쩌면 아무에게도 더이상 쉽게 수락하는 노력을 들이지 않는 사람으로 여겼다. 그에게 남은 유일한 고상함은 제 방식대로 담배 마는 걸 고집하는 것이었다. 마지막에 두텁고 붉은 혀는 종이를 축축하게 하고 완벽한 원형을 만들기 위해 돌출했었다. 조작을 끝냈고 그는 환심을 사려고 웃음을 자아냈으며 대화의 공허함을 감추려는 싱거운 문장들을 내뱉었다. '요렇고 그렇죠 초콜릿 씨' 혹은 '대중이 원하는 게 뭐겠어요?'라는 식으로. 봄날 저녁들, 퇴근 후에 에르빈과 동업자는 아파트 단지 내 아이들 놀이터에 불쑥 튀어나온 시멘트 낮은 담장에 같이 앉아있기를 좋아했다. 브리짓은 설거이를 한 그릇의 물기를 닦으며 부엌 창문으로부터 그들을 흘깃 내려다보았다. 그들은 무슨 생각을 하고 있었을까? 서툰 축구경기를 구경하다가 놓치기라도 한 걸까? 분명 아무 생각이 없었고 지금 그녀는 그것을 확신했다. 그들은 선수들의 울부짖음에 단지 침묵으로 응답할 뿐이었다. 가끔씩 짤막하게 정비소 일들과 사업 계획들을 상기한 다음 다시 입을 다물었다. 저무는 해가 결국엔 건너편 아파트의 유리벽을 불태웠고, 운동선수들의 발들이 붉은 구리먼지를 일으켰다. 너무나 잦은

폭언들과 욕설들조차도 황혼 아래서는 감동적이고 불멸의 색을 띠었다. 에르빈은 그래서 어느 날 저녁 심심해서 들춰 보았던 고대 그리스에 관한 책을 떠올렸다. 결투나 투창 던지기를 훈련하는 투기자들의 암시가 전혀 글을 읽지 않았던 그를 이상하게 매료시켰다. 하지만 이제 그의 관심은 쓰라림도 실망도 없는 오늘날의 축구선수들에게 와있다. "그래도 항상 같은 태양이지." 하고 그가 브론슨에게 말했다. 상대는 아무 거리낌 없이 "그래 그래." 동의했다.

나도 아르카디아에 있었다

로널드가 몸을 좌우로 한 발씩 번갈아 가며 흔들었을 때 자기 자신을 거추장스럽다거나 우유부단하고 단정지었던 건 어리석었다. 앞뒤로 가볍게 흔들었고, 그의 몸뚱어리는 바람에 휘청거리는 진짜 마천루 같다고 하듯이 가느다란 광선원을 그리며 끝났다. 늘 그렇듯 이런 것이 그의 아버지를 짜증나게 했으나 이번에 에르빈은 화낼 마음이 들지 않았다.

"뭐한다고 그렇게 서 있어! 어서 들어와."

그가 침실 문 앞에 망설이고 서 있는 아들에게 소리를 질렀다.

에르빈은 등을 붙이고 누웠고 다리를 반 접고 이불과 넘쳐나는 시트를 들어올리며 천장을 향해 무릎을 세우고 있었다. 기분은 완전히 차분했고 그가 지난 기억 속에 이토록 완전한 만족감의 흔적을 다시 찾기란 어려웠다. 어쩌면 아주 오래전에 후유증 없는 소아병 때문에 다른 학급 친구들은 학교에서 고통받는 시간에 그는 그가 가장 좋아하는 만화책을 머리맡에다 두고는 침대에 갇혀 있었던 때가 있었던가? 하지만 양심적인 젊은 에르빈은 지연된 시험과 목과 돌이킬 수 없을 만큼 뒤처진 성적표를 걱정했었다. 그는 이런 생각으로 웃고 있는 자신이 즐거운 이유를 로널드에게 설명하고 싶었으나 제 이야기 속에서 뒤죽박죽되었고 허공에 힘빠진 손을 쳐들며 곧바로 포기하고 말았다.

"다른 이야기가 떠올랐어."

그가 따라 웃고 있는 자신의 아들에게 말했다.

"이 이야기가 어쩌면 너와 관계가 있을진 모르겠지만, 너를 겨냥한 거라 생각지 마라. 네가 뵌적은 없지만 내게 형이 있었던 걸 알고 있지. 그가 어떻게 사라졌는지 내가 말해 주지."

아버지의 무릎으로 만들어진 산으로 거의 가려졌던 로널드가 침대 가장자리로 자리를 잡았다.

"피곤하면 않되요. 일주일이면 완쾌해서 아버지가 원하시는 그 뭣이라도 내게 얘기할 수 있을 거에요."

"아니, 내가 재미난 얘기와 흥미진진한 일화로 우글거릴

동안 너는 나중에 미국, 중국 혹은 뉴기니 사람들 집으로
논문을 쓰러 다시 떠나겠지. 이 이야기를 이제는 좀 치워
버리고 싶어. 그리고 네가 취미생활을 하니까 특별히 널
절친한 친구로 선택하는 거야."

  에르빈이 흐뭇하게 다시 웃었고 하마터면 꾀바른 즐거움
을 더 잘 표현하려고 손을 비빌 뻔했다. 그는 젊었을 때 깊
숙히 박힌 돌처럼 흘러간 형의 이야기를 시작하려 했고, '
때때로 내가 아직까지는 기억하지만, 그리 오래 가진 않
아.'라는 문장이 머릿속에 곧 떠올랐다.

  형이 이런 말을 했을 때 에르빈은 크게 한숨을 내쉬었고
시선을 떨구었다. 거스는 몇 주 동안 온전히 평탄한 삶을
살 수 있었다. 그러고 나서 갑자기 또다시 화근이 생겼다.
특히 팔월 수확시기나 봄철 파종기에 발작들이 터지곤 했
었는데 어쩌면 너무 좋은 날씨가 그를 울적하게 만들었을
지 모른다. 여름철이면 해변가 커피숍과 레스토랑을 드나
들거나 열대지방으로 비행기를 타고 떠나는 그 모든 피서
객들을 부러워했었다. 봄이면 더욱 고통스러웠다. 왜냐하
면 마을에서 얼마나 감미로운 미풍이 부는지를 정확히 알
았기 때문이다. 오월에 접어들면 도시민들은 새로운 에너

지로 충만해 늦은 저녁 시간까지 한가로이 산책을 즐기고 트랙터 운전석에서 땀흘리는 대신 그들만의 좋은 시간을 갖는다. 이런 부드러움을 거스는 자신의 찬란했던 학창시절부터 느꼈었다. 에르빈과는 반대로, 그는 낡아 빠지고 낙농업의 부족한 수입으로 호황이 적은 부모님의 농장을 전혀 이어받고 싶지 않았다. 사실상 거스는 제 자신의 길을 스스로 찾을 용기도 없으면서 항상 자신의 신세를 한탄했었다. 적어도 에르빈은 형을 이런식으로 보았다.

모든 것은 시작부터 잘못되었고 안일함과 미신으로 각 세대들의 장남에게 귀하게 물려주는 듯한 시대에 뒤떨어진 이름이 문제였다. 그러나 아주 어려서 귀스타브라는 이름은 절친한 친구들 사이에서 '거스'가 되었고 차츰 본디 이름과는 거리를 두게 되었다.

이 예술적 이름을 단 그는 교실 한구석에서 그리고 고등학교 저녁파티의 사회자로 어릿광대짓을 하기 시작했다. 본관 복도에서 그는 여덟가지 광택나는 고상한 모자를 쓰고 고물상에서 찾은 올리브색 낡은 전투복을 입고 종종 나타났다. 그는 과감성과 도발성으로 순식간에 유명해졌다. 아, 그리운 그때 그 거거스! 우리는 그와 함께 다니기를 원했고 모나코 음료수와 담배는 늘 공짜였다. 그렇기는 하지만 의심할 여지없이 그는 이미 쇠퇴의 길로 접어들기 시작했었다. 대학 입시에 어렵게 합격한 이후, 거스는 무명 대학에 들어갔고 예술과 시각 미술과에서 가장 뛰어난 학생이 되었다. 이 새로운 과정에서 어느 가족의 아들딸들과 광적인 영화팬들과 위선적인 백수들로 구성된 관객을 끌어당겼다. 불멸의 결혼식이나 평범한 가족행사 때문에 가끔은 너무 낙관적인 특수한 상황이 그들을 속박했다. 불행하게도 겸손한 증거 대신에 기대된 충성심으로 그는 가속이 붙어 행진하는 기괴한 초대 손님들과 기름지게 웃고 있거나 질긴 육질을 질겅질겅 씹는 거대한 입들과 최후의 그리스도 앞에서 음화로 촬영하는 침울한 신랑신부를 볼 수 있는 대부분이 아방가르드 예술작품들을 받아들였다.

에르빈, 그의 경우 상업 고등학교를 졸업하고는 곧바로 농장으로 돌아왔다. 그는 낙농업에서 특히 눈에 띄는 독립성을 좋아했다. 그리고 그런 이후에 신고속도로 개통공사라는 단 한 가지 이유가 농경생활을 접도록 부추겼다. 주말에 그는 농장의 진품인 버터, 달걀, 토끼들과 말린 보리수 잎사귀들... 을 도시민들에게 직접 내다팔았던 장으로 아버지를 따라나섰다. 귀스타브가 전 가족을 놀라게 한 자신의 귀향 사실을 알리기 얼마 전까지.

　자신의 얘기를 계속하기 전에 에르빈은 아들에게 물을
조금 달라고 했다. 검사 결과를 기다리는 동안 의사들은
그에게 모든 종류의 음료수를 금하고 야채수프와 흰 살코
기를 기본으로 한 엄격한 식이요법을 처방했다. 뿐만 아니
라 많은 종류의 음식을 보는 것만으로도 구역질을 일으켰
는데 특히 아침에 아들이 앞에서 아침식사를 할 때면, 왜
냐하면 로날드는 기분 내키는대로 껍질을 벗기고 잘라서
원하는 만큼 머스터드와 케첩을 뿌린 훈제생선과 청어 장
아찌를 너무 좋아했기 때문이다. 에르빈은 누워 있는 자세
때문에 약간은 답답한 목소리로 말을 이었다.
　"너희 할아버지는 별난 사람이었어. 그런 부류의 사람 치
고는 유일무의했지. 정말이야. 그는 어렸을 때 마을 꼬마
들과 놀다가 갈퀴에 한 방 맞아서 왼쪽 눈을 잃었어. 하지
만 이상하게도 애꾸눈이 된 걸 자랑스럽게 여겼지. 우스
꽝스럽겠지만 어떤 사람들은 자신의 불행과 신세 한탄에
서 제 자신의 힘과 오만을 끌어내지. 네 할아버지도 마찬
가지였어. 어찌 되었든 간에 그것이 그가 너무나 좋아했
던 끔찍한 조롱들을 즐기도록 했어. 예를 들어 학교에서

는 자신의 유리눈알을 여자 아이들의 필통 속에 넣어 두었지. 더 나중에는 눈알과 의치를 빼낸 뒤에 얼굴 왼쪽편만 우그러뜨려 흉칙한 우거지상을 만들었고. 구멍 두개와 주변에 움푹 패인 살만 남겼는데 아무도 그와 같은 공연을 감당할 수가 없었어. 나의 어머니는 그를 이해하지 못했지만 그렇게까지 화를 내진 않았어. 마치 다른 별에서 온 존재, 끔찍한 하숙생을 유숙시키는 것처럼 괴상한 짓을 들추지 않는 편이 더 낫다고 여기셨거든. 식탁에서 그는 요리의 가장 좋은 부위를 차지했고 그런 것이 너무나 자연스럽게 느껴졌어. 나는 흰 대파 요리의 맛을 어른이 돼서야 알게 되었지. 그는 또 일 년에 한 번씩 유일하게 꼭 농산물시장 관광을 했어... 다행이 그는 모두를 위해 중환자실에 입원하기 바로 직전에 돌아가셨지. 병원에서는 그에게 병세의 심각성을 비밀로 했지만 내 생각에는 그도 마찬가지로 사는 것과 참는 것에 지칠 대로 지쳤던 거야. 아무것도 더 이상 그를 즐겁게 하지 않았어. 마지막에는 약을 드시길 거부했고 간호사에게 욕설을 퍼부었지. '우라질! 빌어먹을 것들! 전부 다 진저리나게 하네!' 토요일날 돌아가셨고 그가 한 마지막 말씀이 기억나. '너는 날짜도 시간도 모르는 것 같은데 나는 알고 있어. 월요일이고 지금은 오후 2시야.' 그는 당연히 자신의 장례식 날짜를 말했지만 돌아오는 월요일이 휴일이라는 걸 잊었고 결국 화요일에 묻히셨어. 그 사이, 그의 시신을 농장으로 옮겨왔고 장례식 직원들이 냉장 테이블에 안치했지. 우유탱크가 내는 것처럼 구르릉거리는 모터의 소음 때문에 묵상과 기도 집중에 방해가 되었고. 이것은 온갖 종류의 협회와 관련된 생각들과 소들, 돈들, 몇 해째 우리를 먹여 살려 온 이 우유바다와 흰 액체 속에서 완전히 회색으로 변한 뻣뻣한 아버지를 생산 제품의 질과 가치를 떨어트린 불순물, 외계의 시신으로까지 생각이 들게 했어. 내 생각에는 아무도 진정으로 슬픔을 느끼지 않았고 그것은 은연중에 보이기 마련이거든. 고인과 가족에게 인사하러 온 마을 사람들은 조금 충격을 받았지만 이런 분위기가 내 아버지의 개성과 잘 맞아 떨어졌지. 이른 아침에 농축산물 협회장이 찾아와 시신 앞에서 기괴한 연설을 했어. 그는 밤새도록 술을 퍼마시고는 지난날의 싸움들을 끄집어내면서 나부대고 징징대면서 눈물을 짜냈지. 마지막에는 '에밀, 고마워!'라고 울부짖으며 고인을 안으려고 달려들었어. 시신이 타일바닥으로 굴러떨어질 뻔 했지만 예상치 못한 일이었고 감동적이기까지 했어. 형은 장례식 다음날 농장을 영원히 떠났어. 그도 어쩌면 마찬가지로 마치 계시를 받고 아주 중요한 무언가를 단숨에 깨달은 사람처럼 그렇게까지 빨리 떠날 계획은 없었을 거야. 나는 아직까지도 그가 기차에 오르던 모습이 눈앞에 선해. 떠나던 바로 그 순간에 그는 신발 두 짝을 벗어다가 탈탈 맞붙여 두드렸지, 분명 자신이 태어난 땅의 흙을 털어내듯이 말야."

에르빈은 잠자코 있었다. 아이인 자신의 형이 처음으로 도망치기를 시도했었다. 집시들이 운영하는 작은 서커스단이 공연을 하러 왔다. 재주부리는 강아지에 털투성이 기름기가 줄줄 흐르는 장사와 조랑말 안장에서 촐랑촐랑 뛰는 건방진 작은 소녀 그리고 사람들은 그들 앞에서 땀흘리고 인상 찌푸리는 피에로에게 마지못해 박수를 치고 텔레비전과 비교해 너무나 초라한 공연에 박탈당한 억지 웃음을 지었던 작은 마을에서 하는 초라한 공연이었다. 에르빈은 관객들의 야유와 '환불해!'를 듣는 것이 괴로웠다. 그리고 그는 다른 아이들의 경멸과 적개심의 손가락질을 보완하려고 할 수 있는 한 최대한으로 박수를 쳐댔다. 옆에서 거스는 묵묵히 곡마사의 빨간 치마이거나 세상에서 가장 힘쎈 남자의 번들거리는 역도로 눈동자가 꽂혀 굳어있었다. 필사적으로 애쓰는 피에로가 관중석의 호응을 얻기 위해 결국 외설을 풀었고 공연은 먼지나는 입김과 커다란 궤짝과 말똥 냄새 속에서 끝을 맺었다.

크라운에서 나오자 거스는 농장으로 돌아가길 거부했고 말뚝을 빼고 포목을 굴리는 무뚝뚝한 사람들 주변을 배회했다. 에르빈은 그가 곡마사에게 다가가길 원한다고, 어깨를 으쓱해 보이며 멀어지고 있다고 생각했었다.

몇 시간 뒤, 이번에 거스를 데려간 것은 집시들이었다. 별다른 목적없이 십여 킬로미터나 되는 거리를 자전거로 따라왔다. 행렬의 선두에서 확성기를 단 자동차가 잊을 수 없고 지역에서 결코 본 적 없는 서커스 공연을 주민들에게 약속한다며 고함치고 보조를 맞춰 앞으로 나아갔다. 극단에서 사슬을 터트리는 두 명의 장사 중에 하나가 거스가 그들과 함께 있다는 걸 발견하고 말았다. 골치아픈 일이 일어날 걸 걱정하면서 거스를 집으로 데려다 주길 결심했고, 꼭 영화에 나오는 극적인 장면처럼 헤드라이트로 농장 마당을 난폭하게 비추며 어둡고 불만에 찬 표정으로 한 밤중에 나타났다. 들판과 집들에서 아주 멀리 보라빛 구름들을 당기고 몰아내면서 세찬 바람이 하늘 높이서 불어왔다. 한쪽 구석에서는 검은 개가 으르렁거렸고 인간들과 갈라

놓은 철망을 흔들었다. 소동으로 상황을 파악한 에밀이 갈
지자로 비틀거리며 앞으로 나왔다. 그가 술을 마셨는지 피
곤으로 다리가 후들거렸는지는 우리가 절대 알 수 없었다.

"그래서 이렇게, 그가 결국 거스에게 말한다. 자신의 인
생을 개척하고 스스로 한 번 날아 볼려고 했단 말이지…"

그가 윗층 창문으로 관경을 내다보고 있던 부인을 가리
켰다.

"나야 상관없지만, 자기 자신만 생각하면 안 되지, 사랑
하는 아들아. 너 그거 알아, 네가 네 불쌍한 어미 가슴에
못을 박을 뻔 했어. 어미의 마음이란 참으로 연약하지…
보살피고 조심도 해야되는 거야."

그는 웃고 있었고 가짜 눈알이 푸르스름한 빛으로 번들
거렸다.

"하지만 넌 굳센 녀석이잖아. 건강하고. 네가 음악에 네
온사인과 서커스를 좋아하는 것 같은데, 그러니 당연히 여
기서 불행하겠지. 전부 더럽고 구역질 날테니. 바닥에 짓
눌린 물거름과 쇠똥 냄새에 고함치는 돼지에… 그래, 너
같은 예술가의 영혼을 좌절시키는 뭔가가 있겠지. 그렇지
만 만약에 언젠가 네가 비단과 금으로 꽉 찬 세상으로 떠
난다 하더라도, 너는 죽는 날까지 세기에 세기를 걸쳐 영

원한 우리의 거스 드비조로 남을 거야. 다른 사람들은 아무 말 없겠지, 아들아, 그들은 너에게 미소를 보내겠지만 너는 언젠가는 결국 냄새로 배반 당할 날이 올 거야. 네 늙은 아비가 한 말 꼭 명심하거라."

"이제 알겠지, 에르빈이 계속했다. 네 할아버지도 마찬가지로 말재간과 연기에 소질이 있었어. 그가 정말로 그렇게 생각하고 한 말인지는 모르겠지만, 그는 자존심을 건드리고 상처주는 말을 잘도 찾아 낼 줄 알았지. 그 사람이야말로 진탕에서 일한 예술가였어."

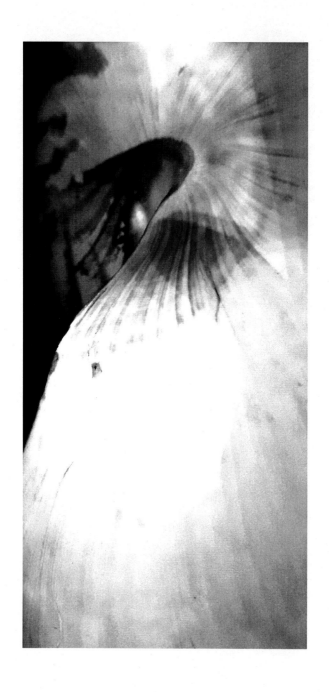

육교 경치

  만약에 당신이 바르트를 몰랐다면 설명하기 어려운데...
내가 바르트의 부모에게 그들의 아들에 대해 말하려고 애
쓸 때 그들은 별로 이해하려 들지 않았다. '넌 도대체 무
슨 소릴 하는 거야? 미치지 않고서야 어떻게 그런 말을 꾸
며낼 수가 있어? 이건 마치 그의 육신에 침을 뱉는 거나
다름없어.'

  실은 내가 고속도로에 걸친 육교에서부터 어슴푸레한 어
둠 속에서 발견한 불확실한 상투어를 그들에게 꺼내 놓는
동안 그들은 휴가철 거대한 태양 앞에서 찍은 밝고 건강
한 바르트의 사진을 그들의 찬장과 그들의 머릿속에 간직
하고 있는 것과 같았다. 새로운 이미지 말고는 다른 아무
것도 없는 거기에는 당연히 말투만 있었지만 바르트에 대
한 나의 견해는 그들의 마음에 전혀 들지 않았다. 내가 그

것을 눈치챘다.

첫째 날, 특히 경찰서에서 그들은 굉장히 공격적이었다. 아버지는 고함을 질렀고 나를 향해 주먹을 휘둘렀으며 어머니는 거의 알아들을 수 없는 찌르는 듯한 목소리로 위협적인 말들을 너무 빨리 내뱉었다. 그들은 네 명이서 릴레이 경기하는 거구의 억센이와 작고 심술궂은 프로레슬링 선수들을 생각나게 했다. 누가 봤다면 정말이지 그들이 득점을 서로 맞춘다고 했겠지만, 그것은 어쩌면 단지 사랑과 공동체 생활로 맺어진 삼십 년간의 세월에 대한 점수 결과였다. 내 쪽에서는, 댁의 아들은 유머감각이 부족하고 재미난 장난 앞에서는 절대 물러서지 않는 사람이라고 대략적으로 설명하려는 시도만 했으나 내가 뱉어내는 각각의 말들은 오해만 더 깊어지게 할 뿐이었다. 가끔씩 경찰관은 노기와 고통의 아우성에 대한 반감으로 내면의 무거운 문을 열고 나온 화난 얼굴을 내밀었다. 컴퓨터 모니터 앞에 앉은 반장은 챙모자를 썼다. 그 때문에 그의 시선은 아주 먼곳에서 오는 듯했고 말로는 다 표현 할 수 없는 사람들과 인생에 대해 잘 아는 듯한 분위기를 풍겼다. 그는 이따금씩 나를 꾀하려고 '합의 봐(사실은 안심되고 값진 첫 말이다)'를 가부장적인 톤으로 냈다. 그래서 나는 너무 웃고 싶었으나 반 초 정도가 지나서 바르트 부모의 체면을 봐서라도 끝끝내 참아야 했다.

이런 능글맞은 바르트 놈. 몇 달 전만 해도 그는 옛날 록 가수의 분위기를 풍기는 가느다란 구렛나룻을 자라도록 내버려두었다. 여하튼 나는 사물을 이런식으로 보고 그의 부모는 분명 동의하지 않을 것이다. 행여 그들이 내 말을 들었다 하더라도 그들이 나를 보며 항상 지니고 있는 이 역겨운 표현을 다시 썼을 것이다. 그들은 나를 혐오스러워하지만 동시에 아들의 마지막 순간을 목격한 유일한 증인인 나는 그들에게 거의 보물과도 같다. 나는 그들이 불순물 없는 진실을 걸러내기 위해 칼로 파내거나 염산에다 내 몸을 녹이고 싶어한다는 걸 느낀다. 나 역시 그 모든 상황이 잘 이해되지 않는다고 단언을 했을 때 그들은 나를 거짓말쟁이나 비열한 놈으로 취급했고 나 자신만의 비밀을 간직하기 위해 완전한 악의로 일어난 일들을 숨긴다고 비난했다.

"그때 그가 어떤 표정을 지었는지 너는 기억할 거 아니야. 그런 상황은 잊을 수 없는 거야. 그게 아니라면, 네 의식이 편치 않았다는 증거지."

"아주머니, 이런 식으로 저를 몰아세우시는 건 허락

할..."

"네가 나에게 허락할 수 있는 건 없어! 이 쓰레기 같은 놈! 더러운 것아!"

"당신은 독살스러운 아줌마시군요, 저는 아저씨와 얘기하겠어요."

그와 같은 상황에서 대화를 하기란 어렵다. 주로, 이런 대화들은 내가 눈을 감고 말해야 할 정도로 너무나 날 지치게 만들었고 왜인지는 모르겠지만 그것은 바르트 부모를 더욱 노발대발하게 만들었다. 하지만 그들에게 어떻게 설명을 하나?... 그가 난간에 기대었을 때, 그는 '천사의 도약'이라고 말하면서 나를 보며 웃었다. 그는 늘상 농담하기와 시시한 장난치기를 좋아했고 그래서 나는 미칠지경까지는 되지 않았고 그가 허공으로, 뒤쪽으로 몸을 기울였기 때문에 나는 단지 불안감만 느꼈다. 나는 항상 고소공포증을 앓았고 나의 두려움을 무시하고 아래를 내다보는 다른 사람을 보는 것만으로도 괴로웠다.

이날 저녁, 우리는 교차로 건너편 트와캉톤에 약속이 있었고, 나는 다가오는 마지막 시험과 나를 노린 또 다른 심연과 미래와 그와 관련된 모든 뒤얽힘들을 잊으려고 맥주와 음악으로 서둘러 빠져드는 데 조바심이 났다. 이 시절에 나는 내가 훗날 자동차 정비소에서 일하리라고는 전혀 상상도 못했었다. 아주 작은 방을 하나 임대해 자그마하고 손쉬운 직업으로 살면서 나의 연약한 에너지를 오로지 글쓰기에 바치고 싶었다. 창은 아연 지붕을 향해 낮고 매일 저녁 술에 절어 잠들고 싶었다. 그것이 나의 이상이었다.

바르트, 그는 좀 더 부르주아적인 다른 계획이 있었다. 그는 자신의 학업에 열성적이었다. 주로는 논문 계획이나 주제가 될 만한 문장에 관한 나의 의견을 물으려고 전화를 걸어왔다.

"모르겠어, 바르트, 진짜로 아무 생각도 나지 않아…"

매번, 나는 나 자신에게 핵심정보가 부족한 듯, 교과과정의 주요부분 전체가 달아난 듯이 느껴졌었다. 그가 평소에 덧붙이는 말로 전화를 끊고 난 뒤면 나는 완전히 명상에 잠기곤 했다.

"공부 너무 많이 하지 마…"

바르트는 각각의 단어와 매 행동거지를 계산했고 그렇기 때문에 나는 그와 관련된 사건이 멍청한 사고나 나쁜 결과를 초래한 한낱 장난이 아니라는 느낌이 든다. 하지만 거기에는 심사숙고한 행동과 세심한 고민이 있었고, '자, 내가 바로 이 지점에서 난간을 뛰어넘으면, 아스팔트는 아래쪽에서 십오 미터 떨어져 있으니까 내 계획이 실패할리가 없어. 필요하다면 세미 트레일러가 나를 가르며 끝이 나겠지. 타이어들이 지평선까지 붉은 자국을 남길 거야.' 라고 말했던 전날 사전 조율까지 한 느낌이 든다. 하지만 당연히 어떤 요소들은 아직까지도 수수께끼로 남아 있다. 예를 들어 일주일 전에 그가 의무실습을 했던 관공서에서 졸업을 한 뒤에 원서를 넣으라는 연락이 왔었다. 그는 자신이 차후에 갖게 될 직업의 분위기를 소개한 팜플렛도 나에게 보여주었다. 그래, 그의 미래가 느닷없이 밝아졌고 바르트는 자신의 호기심을 감추기 어려웠다. 그는 원룸으로 이사를 한 이후의 월세와 생활비 예산을 잡으려고 부동산과 가구점을 돌아다니기 위해 이미 L.시로 갔었다. 한 해를 지낸 뒤에는 저축을 시작할 것이고 멀리 봐서 집 주인이 될 생각도 할 수 있었다. 가끔씩 그는 소리내어 꿈꾸듯 손을 비볐다, 마치 따스한 벽난로 앞에서 몸을 녹이듯. 그는 직판장으로 자신이 먹을 신선한 야채와 치즈를 사러가는 일주일에 두 번씩 열리는 야외시장의 즐거운 생동감을, 사치스러운 장사꾼들의 거리가 멀리 레저공원과 기차역과 공항으로 데려가는 분위기를 자신의 소파에서부터 아늑하게 앉아서 구경할 것이었다.

"넌, 내년에 어디로 갈 거야?"

"아직 몰라. 선택의 여지가 너무 많아서 아직 결정을 못 내리겠어."

배짱 좋은 윌리암이 인정스럽게 웃었다! 인생이 나를 둘러싼 안개로 응축했고 나의 목을 죄어 왔으며 나의 눈을 따끔거리게 했다. 하지만 그는 무슨 이유로 그 연약한 손을 고속도로 다리 난간에 올려 제 운명을 걸었을까? 이 모든 것은 어처구니가 없다. 사회가 당신을 보고 웃을 때 당신은 고마워서 기꺼이 그리고 위로받으며 그의 막강한 품에 안기기 마련이다.

이것이 바로 바르트 부모의 피할 수 없는 논지다. 그들은 그래서 내가 시도하는 설명을 다른 각도의 검토 없이 되던진다. '아니, 아니야. 그 입 제발 좀 닥쳐. 넌 우릴 혼란시키고 있어. 아무렇게나 말하고 있잖아. 이 비열한 놈, 더러운 것아!' 가끔씩, 그들은 결정적인 표현으로 내 신경세포에 스며들길 바라며 신중히 선택한 경멸에 찬 각각의 단어들을 예고 없는 차가운 존댓말로 바꾸었다. '알고 보니 괴물이시네.' 혹은 '당신 부모가 우리보다 훨씬 더 불쌍하십니다요.' 나는 나의 깊은 권태에도 불구하고 논지를 풍기고 심리적 음성기호를 다시 한번 가다듬으려고 노력한다. 그러나 그것은 그들의 화만 돋굴 뿐이고, 어이구, 나의 도덕적 아니면 법률적 유죄성만 계속해서 더 확인시켰다. 내가 그를 붙잡았어야 한다고 말한다. 그것은 인명구조 태만죄에 해당한다는…, 나는 단지, 어떻게 보면 바르트의 쓴 웃음만 기억날 뿐이고 그리고 나서 아래, 여기서 보면 뱉어낸 침 크기의 붉은 웅덩이가. 그 순간에 내가 무슨 생각을 했었는지도 더이상 모르겠다. 어쩌면 단지 어안이 벙벙했고 어지럼증 때문에 조심스럽게 난간을 잡고 아래를 내다보았을 것이고 너무 자주 술에 취했던 우리의 야간외출에서 돌아올 때의 바르트 자신의 마지막 쟁취를 보여준 매번처럼 또다시 어이가 없었을 것이다.

하지만 이것 좀 내버려 두자. 마치 이 참담한 저녁의 모든 세부사항을 거의 다 잊은 것처럼 잊고 싶고 신선하고 천진난만한 백지상태에서 다시 출발하고 싶다. 그럼에도 불구하고 내가 나의 친구의 흩어진 팔다리를 찾으러 아스팔트를 살피다보면 그의 장래 직장인이 될 계획과 소나무 책장과 그가 꿈꿨던 하이파이가 갑자기 기억 속에 떠오른다. 당연히 그것은 멍청했고, 내가 왜 웃음을 터뜨렸던가에 대한 이유이기도 하다. 하얀 비닐봉지가 물렁물렁하게 잘 못 부풀린 풍선처럼 한밤의 중턱에서 떠다녔다.

　그것은 또 다른 봄날이었다. 아, 그래. 그리운 바르트가 우리를 떠난지 벌써 일 년이 다 되어간다. 생일날 나는 그 다리를 다시 찾았다. 어떤 경건한 손이 비통한 난간에 작은 야생꽃다발을 걸어 놓았다. 그의 부모인가? 그의 마지막 여자친구? 그것을 보면서 식물의 이름을 찾지못해 아쉬웠다. 처음에는 마을에서 온 구경꾼들이 그래도 조금은 어색해서 더 이상 아무것도 보이지 않는 이곳에서 무언가를 찾듯 몇 분간 서성거리다가 갔다. 아래쪽 고속도로는 충분히 물로 씻겼고 타르는 태양이 말리는 시간인 삼십 분 동안 좀더 어두운 색을 띠었으나, 그것이 전부였다. 그리고 바르트의 작품인 장난 혹은 의도적인 행동도 이미 지워지고 난 뒤였다.

　머지 않아 그의 부모와 나는 서로를 기억하기 위해 유일하게 남을 것이다. 생글거리는 갈매기들이 위에 날아다니는 그들의 집 근처를 조깅할 때면 가끔씩 그들과 마주치기도 한다. 아주머니는 심장병과 다혈질인 자신의 남편에게 걱정스러운 시선을 던진다. 나는 그들의 눈동자 안에서 분노와 비애를 읽는다. 그들은 적어도 내가 이 마을을 떠나는 걸 보길 원했겠지만, 나의 미래와 나의 자산은 여기에 있고 이보다 더 좋은 것을 다른 곳에서는 결코 찾을 수 없을 것이다. 나는 아직도 그들의 집 거실에 핀 꽃무늬 소파에 앉아서 그들과 함께 이야기를 나누고 싶다. 그들은 왜 그토록 과거의 무게에 집착하는 걸까? 손길은 어쩌면 다양한 방법으로 대변했을지 모르고, 만약에 내가 그때 바르트의 가슴을 향해 팔을 내밀었다면 내가 그를 붙잡고 싶었는지 허공으로 밀치고 싶었는지는 나도 모른다.

어느 가장의 고민

올봄은 브론슨에게 고약했다. 동업자의 병세가 그를 최소한의 경제적인 활동과 관련된 모든 잡다한 글쓰기 – 견적서, 청구서들, 협박, 독촉장 – 에 매달리도록 만들었다. 그는 이런 것들의 형세를 늘 외면하고 싶었고, 자신의 얼굴 특징을 완전히 바꾸어 놓는 어쩌다 끼는 진득대는 유리알 안경은 그에게 꼭 사기꾼 분위기를 주었다. 그는 그에게 주어진 새로운 업무들을 도대체 어떻게 처리해야 좋을지 막막했다. '귀하께서 만기일까지 미납금을 납입하지 않을 시에는, 애석하지만 모두에게 불쾌한 방식으로 해결책을 강구…' 그는 엄격하면서도 정중한 표현법을 찾았으나 정말이지 비서의 분주한 왕래가 그를 어지럽혔다.

수업이 없는 날 아침이면 아이인 마틸드는 여기 이 사무실에 놀러를 왔었다. 타이피스트가 연필과 지우개를 가지고 아이와 놀아주었다. 아이는 특히 타이프 용지에 타원형 혹은 삼각형 도장찍기를 좋아했었다. 브론슨은 이런 즐거운 순간들이 주로는 소아과나 심리치료사와의 상담 때에 선행했던 것이 기억났다. 그들에게 자신의 딸아이를 삼십 분 가량 맡겼고 거기에서도 역시 그녀는 면들을 색칠하고 형태들을 그렸다. 그가 아이를 다시 찾으러 왔을 때는 잠시 전문가와 단독상담을 했다. 정서적인 충격과 미성숙 그리고 가끔은 조심스럽게 성장지체과 인식장애와 학습부진을 끄집어냈다. 브론슨은 '그럼, 제가 생각을 좀더 해 보겠습니다.' 하고 더이상 듣지도 않고 대꾸했다.

그는 지금 거의 이십 년째 곰곰히 생각하고 있다. 마틸드는 다양한 치료법을 받아왔고 값비싼 요양원과 의료시설 기숙학교를 드나들었다. 그녀의 아버지는 자신의 딸이 영원히 남들보다 더디고 대가 약한사람으로 남을 거라는 확신에 이르렀다. 그런 이후, 그는 그녀를 정비소 사무원으로 취직시킬까를 여러번 고민했으나 그것을 항상 미뤄왔었다. 그녀가 어떻게 하루 일과의 피로를 견딜수 있겠나? 반대로 회사에 들이는 것을 격려했던 에르빈에게는 이런 고민을 자주 털어놓았다.

"여기서 일하는 데 꼭 천제가 필요한 건 아니야. 길만 들면 식은 죽 먹기지."

"생각해 보면, 이 정비소를 유지하는데 미쳐야 되는 건 아닌가 한다니까... 모든 게 너무 복잡해... 지난 번에는 영원히 침대에 드러누워 쉬고 싶었어. 내가 입을 다물었어야 했고 사람들이 무슨 일이 일어날지를 봤어야 했지만, 정말이지 우리 집에 밥을 먹이러 와야 된다니까. 골칫거리들은 이제 그만, 기름이 샌다거나 뒤에서 소리 난다는 말은 진저리 나게 들었어."

그는 특히 브론슨이 가족일과 사업에 간섭하는 걸 질색했고, 혼자 벙어리로 있으면서 애매한 거북함에 북받치며 끝날 연약하고 흐릿한 이 어린 여자아이를 공개적으로 자신의 딸처럼 운운하는 것 또한 싫었다.

"너는 아들자식 복이 있어."

하루는 그가 에르빈에게 말했다.

"둘다 대학에 들어가 공부도 하고, 적어도 만족감은 주잖아."

"모르겠어... 종종 나는 내가 왜 길에서 마주칠 수 있는 아무개 녀석들보다 내 아들들을 더 걱정하는지 모르겠단 말이야. 내가 녀석들이 태어나는 걸 본 건 사실이야. 하지만 그게 그 긴 세월 동안 그토록 친밀한 관계를 유지해야 하는 이유를 정말 증명할 수 있을까? 무슨 말하는지 이해가 돼?"

"아니."

매일 아침마다 브론슨은 마틸드의 너무 무거운 졸음을 깨우러 방에 들어갔다. 그는 가끔씩 슬프고 노기에 차 일어났고 씨실까지 해진 침대커버 위로 두 발을 붙이고 뜀박질해 이불을 걷어내고 싶었다. 그렇지만 자신의 딸아이의 어깨를 가볍게 건드리는 것으로 만족했고 '마틸드' 하고 속삭였다.

젊은 여자는 침대시트 아래서 두 다리를 뻗쳤다. 어쩌면 얼마동안 벌써 잠에서 깨어났는지 자신의 이름을 들으면서 이제는 일어나 세수할 시간이 왔음을 알았다. 하지만 그녀는 작게 그렁거리는 소릴 냈고 더이상 움직이지 않았다. 하루일과는 가장 좋은 것으로 시작했고 그녀는 하나도 놓치고 싶지 않았다. 평소, 그녀 아버지의 친구가 아래층에서 아침식사를 준비했다. 냄비들과 물 트는 소리, 아침의 종지부를 찍는 라디오 신호와 불, 그 자체처럼 생기있고 가벼운 자그마한 가스불 지피는 후욱거림을 느꼈다. 그런 뒤에 이 이름, '마틸드? 시간 됐어.' 하면서 다시 한 번 그녀를 부드럽게 불렀다.

몇 시나 되었을까? 브론슨은 침대 가장자리에 잠시 걸터 앉았다. 그는 전날 밤에 비해 피부가 어떤 뚜렷한 각에서 보면 건조하고 야윈 것처럼 느껴지는 미세하게 둔해진 얼굴을 관찰했다. 주로 그는 자신의 직업상 문제를 상기시키며 낮은 목소리로 혼잣말을 했고 자신의 명상 속에서 재판관의 콧수염을 천천히 만지작거렸다. 날이 밝아오자 실은 드문 경우이긴 하지만 지평선이 태양의 서슬처럼 빛났고 브론슨은 언짢아 눈꺼풀을 찌푸렸다. 바다는 그에게 전혀 끌리지 않았고 관광객들이 정성들여 주기적으로 뒤집어서 매끄럽게해야 하는 스테이크처럼 해변에 무더기로 그슬리러 몰려와 자기들의 돈과 얼마 안되는 자유시간을 탕진할 수 있다는 것이 늘 못마땅했다.

그가 옛 선원이었던 알프레드를 생각해 보면 이와 비슷한 반감을 느꼈었다. 그 알프레드. 끊임없이 입을 비죽거려 비틀어진 그의 안색과 때묻은 작업복 속에서 헤엄치는 그의 버러지 몸뚱이. 바다는 낡은 누더기처럼 시금치가 부족한 뽀빠이고 제 자리서 지친 갤리선의 노젓는 노예와 같이 그를 이 기슭에 되던져 놓았을 뿐이다. 에르빈은 경쟁사로 떠난 기술자를 대신해 삼 년 전에 그를 채용했었다. 알프레드는 이 뜻밖의 부서 공백을 어떤 식으로 통보 받았을까? 그는 사무실에 비굴하고 동시에 냉소적으로 아무런 채용공고가 내걸리지 않았음에도 '자리위해' 왔음을 외치며 아침 일찍 출근했다. 그러나 어쩌면 그는 이런 식으로 도처에 자신의 기회를 꾀했고 엄청난 거절을 당했으며 유일하게 에르빈만이 허무하게 그를 돌려보내려고 내몰 줄을 몰랐다.

그렇긴 해도 그는 솜씨좋고 재바른 일꾼이 떠났다는 그의 이중적 의미를 내포한 어이없는 험담에 적응해야 했다. 알프레드는 자신에 대한 브론슨의 숨겨진 적개심을 감지했고 아주 괴상한 주제들로 잡담을 즐기는 휴식시간이면 자신의 동료를 즐겁게 하려고 온갖 노력을 다했다. 이렇게 해서, 언젠가 간식시간에 그는 전날 자신의 집 대문을 두드리고 온 심판교회의 메신저들을 말했다.

"겉보기보다는 꽤 영리한 놈들이야. 둘 중 하나는 엔지니어였고, 다른 하나는 내과 전문의가 되려고 의사 공부까지 마쳤어. 집안도 꽤 잘 사는 것 같던데. 게다가 당연하지, 그렇지 않고서야 이 썩어빠진 구석을 돌아다니며 시간낭비할 리 없잖아. 안 그래? 어제는 두 시간 동안 영원한 생으로 나를 진저리나게 했어. 날더러 조심해야 된다, 내가 저지른 어리석은 짓들, 여자문제하고 전부 다 때문에 시작이 진짜 잘 못됐다 그러더라. 하! 하! 그래서 십자가서 우스꽝스럽게 하고 있는 자기네 사장 사진을 나한테 주고 갔어. 내게 도움이 될거라고, 회개를 해야 된다면서. 결국엔... 다른 젊은이들과 다를 바 없지. 단지 종교 때문에 육갑을 떠는거야. 그래도 뭐, 어차피 각자 자기 좋을 대로 하는 짓이니."

브론슨은 메신저들을 결코 만난적이 없었다 주장했지만 그 후에도 오랫동안 식탁에서의 이 화제에 대해 되새김질 했다. 이불 속에서 마틸드가 살짝 움직일 동안 잡다한 생각들이 떠올랐다. 우리가 아무런 의심 없이 아주 생생한 흥미로 젊은 전도사들의 말을 너무 자주 들어주는 것은 이제 좀 그만 둬야된다는 생각에 가까워지면서 그는 일관성 없는 말들을 중얼거렸다. 우연히 회사 사장의 왕래가 그를 성스러운 건축물과 중세교회나 문화공간으로 바뀐 상점 앞으로 자주 이끌었음을 깨닫았다. 그는 결국 이전에 저도 모르는 사이에 그곳에 가 있었다는 걸 알아차렸고 왜냐하면 여태껏 종교적인 문제에 관심을 가져 본 적이 없었기 때문이다. 이런 해명이 그를 조금 안심시켰고 지난날에 대한 내면의 알 수 없는 감정이 의식으로, 자신을 기다리고 있는 세속적인 의무로 다시 데려왔다. 그는 메트리스에 가벼운 신발 굽 소리를 울리며 느릿하게 일어섰다.

"자, 이제 일어나야지…"

기름기가 배어든 무거운 잠바를 껴입은 그는 작업과 실재의 고통들에 대한 윤리규범과 구체적인 관찰과 권고에 착수했다. 정확하게 꼬집어 설명할 수 없는 근심으로 침울해지자 하루일과가 전날과 다를 바 없이 시작되었다.

마틸드, 그녀는 자신의 희망사항과 계획을 털어놓지 않았다. 그녀는 마치 알 수 없는 종착지를 향해 저기 멀리, 이미 멀어져가는 기차를 바라보듯 자신의 목소리를 희미하게 들었다. 동이 트면 단지 내일 아침에 다시 듣게 될 냄비 긁는 소리와 미세한 가스불을 켜고 자신의 이름을 부르는 이 익숙한 목소리를 한번 더, 어쩌면 마지막으로 듣게 되길 믿고 싶었다.

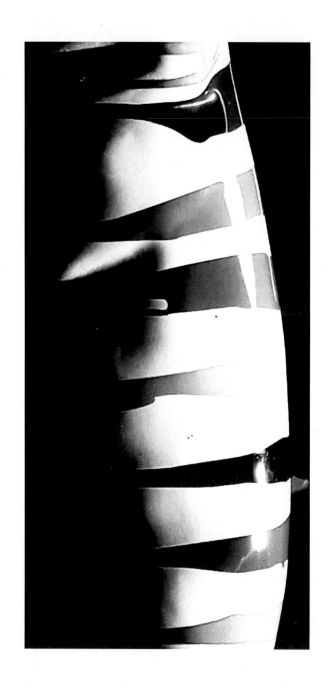

겨울 신문들

　적어도 그의 주장에 따르면 알프레드는 선원이었다. 그의 풍성한 대화를 듣고 있자면 상상으로 미끄러져 들어가는 걸 의심하게 되지만 그냥 말하게 내버려둔다. 왜냐하면 그는 즐거운 동료, 진짜 약삭빠른 사람이기 때문에. 적어도 재미는 있다! 더군다나 그는 우리의 불신을 냄새 맡고 쓰라린 버팀목과 마음에서 우러나온 너무 많은 이름들과 대양의 파도로 슬픈 뱃머리 선박의 자존심 가운데 허옇게 센 털로 뒤덮혀 내려앉은 가슴근육들로 우리의 감탄을 사기위해 웃옷을 벗어던지고 프로레슬링 선수의 자세를 취하며 여기 서있다. 종종 그는 자신이 오랫동안 수차례 드나들었던 그 모든 술집과 빈민굴이 있던 쿠알라룸푸르 혹은 치타공을 꼭 자신에게는 평범한 장소인냥 나른히 회상한다. 그러나 이 늙음과 권태의 고백은 이내 잔인하게 미치도록 날카로운 웃음과 함께 '나는 술이 좀 과했어. 그뿐이야.'라는 결론에 도달한다.

문필가 단지 내에 제라드 드네르발 고층건물, 구석에 주방이 딸린 원룸을 아마도 혼자 독거하는 듯한 그에게 시청에서 고정월세로 임대를 주었다. 만약에 당신이 루소건물(측면에는 지역 작가가 분홍빛 물웅덩이가 회색 구름을 헤쳐 나가는 굵은 선으로 장 자크를 그렸다)에서 나오면서 고개들어 본다면 부랑배들과 밀매자들에게 자리를 양보한 강아지 산책가들의 시간에 뒤통수에 마지막 남은 머리칼을 쉼 없이 뒤로 잦히는 뼈만 앙상한 손이 전기불 아래서 흔들리는 가느다란 윤곽선을 알아볼 것이다. 그의 입술이 떨린다. 어쩌면 그는 절대로 잠들지 않고 그렇게 해서 너무 자주 자신의 거만함을 장담한다. 거실 한쪽 구석에 플라스틱 식탁 위에 청구서들과 낡은 신문지들 사이에 무거운 구식 녹음기를 올려놓았다. 야간의 시간은 긴 테이프의 끝을 알리는 기계의 달그락거림이 찍는 두 시간짜리 시퀀스들로 나뉘어졌다. 알프레드는 그래서 카세트를 돌린다. 새로운 사등분이 시작된다. 지난날처럼 그것이 세상 끝으로 자신을 데려간 화물선 혹은 유조선으로 향할지는 누가 또 알랴. 그는 자신의 독백을 다시 시작한다. 잠시 멈추었고 그런 뒤에 깜박 졸다 놀라서 화들짝 소스라친다. 이내 그는 자신이 난파했을 때 엄습했던 울창한 이미지들을 말소리로 옮기기 시작한다. 최면적인 그의 목소리는 냉소로 잘리고 저주와 뒷이야기의 야망과 후회에 찬 지하왕국의 탐험을 시작한다. 철야와 졸음, 소리와 현실이 뒤섞이고 마법의 물결이 그를 젊은 알프레드에게로, 여러 해를 넘기고 겸손하게 미소 짓는 이 세일러 복장을 한 이방인에게로 실어간다.

빨래 세제통과 신발 상자들과 함께 지하창고에 쌓여가는 자기력 테이프들, 이 녹음의 시간이 지난 뒤에는 결국 무엇이 남을 것인가? 알프레드는 겉으로 봐서는 덜 외로웠던 시절, 아주 오래전에 내뱉었던 단어들에서 새로운 힌트를 발견할 희망으로 설거지를 하면서 듣는 낡은 카세트에서 발췌하려고 가끔은 자신의 보물 속을 되긴기도 한다. 하지만 그러자면 한 여자가 같은 방 안이나 칸막이 뒤에서 잠든 사이 자신의 끝없는 이야기의 실타래를 감으며 호텔방 안이나 다른 아파트에서 밤에 서성거렸던 것이 벌써 기억난다. 가끔씩 그는 더이상 잘 이해되지 않는 구절들을 또다시 발견하고는 처음으로 내레이터의 칼을 갈았던 자신의 과거 속을 아주 깊이 파헤친다. 그가 듣는 것이 그에게 서 냉소를 캤고 노리는 바가 담기고 숨막히기까지 한 그 는 점점 더 멀리 오열하는 이 순진한 목소리에서 단지 경 멸과 연민을 느낀다. 그 이후로 얼마나 발전했는가! 허! 허! 정말이지 세월이 헛되이 흘러간 건 아니었다! 그는 개 수대 위에 걸린 작은 거울 속에 흔연한 자신의 얼굴을 응 시했다. 결코 젊었던 적이 없었고 시간이 손질하고 조각 해 매일 더 흥미로워지고 있는 얼굴이었다. 이제는 명민 하고 날처럼 단단했으며 말할 때는 그 어떠한 감정도 드러 내지 않았다. 그러니 이제 마지막으로 그의 말을 들어 보 자, 잘 익은 과일처럼 죽음으로 거두고 머지 않아 영원히 입을 다물게 될 테니.

"...시카고 도살장에서 일했던 게 몇 년도인지 잘 기억나 진 않지만, 어쨌건 당시에 난 아주 젊었지. 두 항해 사이 에 잠깐 머물렀어, 한 여자 때문에. 그녀가 거기서 내게 갈 고릴 내렸고 그래서 뉴욕에서 경유를 해야 했지. 그런 일 이 왜, 어떻게 일어났는지 나는 절대 알지 못해. 실은 그 녀가 썩 마음에 들지 않았고 이해하기도 힘들었어. 선상에 서 다른이들이 날 비웃었지. '네가 경쟁상대를 안 만들려 고 화물선에 탔구나.' 라고 농담을 해대면서. 내 생각엔 특히 그녀가 제때에 도착했던 거야. 아니 오히려 나쁜 시기에, 내가 나약할 때 도착했지. 아침에 그녀는 아래쪽 트랩에서 아무 말 없이 꼼짝 않고 서 있었어. 아무도 그녀를 몰랐지만 사내들은 나를 기다린다고 말하기 시작했어. 그들에게 그건 당연했고 왜 그런 건지 나는 결코 알 수 없었지.

 오후에 다시 먼바다로 나갈 예정이었지만 화물선은 미국 세관에 잡혀 꼼짝도 하지 않았어. 컨테이너 속에서 반 질식한 상태로 찾아낸 밀항자 때문이었지. 그도 마찬가지로 그가 어디서 왔는지 몰랐지만, 때문에 우릴 보름간이나 붙잡아 두었어. 그런 뒤에 모든 게 수월해지게끔 그는 병원에서 사망했지. 들것에 누운 그를 보았어. 노른 회색 피부, 곱슬곱슬한 머리칼에 창백한 눈. 이상하게도 여자는 그를 닮았었지. 굉장히 납작한 얼굴에 쌍발총처럼 나를 향한 뾰족한 코에 구멍들. 매일 아침 그녀는 같은 자리에 나와 있었어. 다른 사람들은 점점 더 심하게 농담을 했고, "내려가. 알프레드, 내려가. 네 사랑이 부른다!" 그들도 두려웠을 거라는 생각이 들어. 특히 선원들은 미신적이지. 그리고 어디서 나타난지 모를 이 여자는 돛대 꼭대기에 발현하는 세인트 엘모의 불처럼 나쁜 징조였다고 말할 수 있겠네. 오늘날 내가 그들의 구역질 나는 면상을 다시 떠올려

보면 내가 어리다는 이유로 나를 희생시켰다는 생각 밖에 안들어. 그들은 그들이 무슨 짓을 했는지 잘 알고 있었지.

결국 나는 그녀를 찾아가기에 이르렀어. 그녀가 떠나야 되고 나를 잊어야 된다고 그녀를 행복하게 해줄 좋은 남자를 만날 거라는 등등, 일상적인 허튼말로 설명하고 싶었던 거야. 그러나 그녀가 나 보다 더 영어를 못하는 만큼 모든게 복잡해졌지. 나는 여러번 그녀를 찾아갔었어. 우린 부둣가 대폿집에 앉아서 아무 말 없이 감자튀김을 먹었어. 가끔씩 그녀에게 각각의 깃발들이 내게는 추억과 여행을 불러일으키는 입항하는 야간 선박들을 가리키곤 했지. 그녀에게 몇 년 전부터 내가 왜 집을 떠나게 되었는지를 얘기했어. 그녀는 이해하지 못한 채 내 얘기를 무심코 들었지만 그럼에도 불구하고 나는 그녀를 이해시키려는 최선을 다했어. 저녁 무렵에 선상하면서 불현듯 슬픔이 밀려왔지. 다른 사람들은 아무런 불평없이 나를 대신해 잡일을 했어. 아무도 더이상 비웃지 않았고, 나는 주로 사관용 고급 포도주병을 앞에 두고 갑판 식량창고 구석에서 혼자 밥을 먹었어.

...화물선이 결국 출항 준비를 할 수 있자, 나는 선창에 남게 되었어. 서류가 규정에 맞지 않았지만 운 좋게 모든

이민 관리법에서 벗어날 수 있었지. 그건 마치 보이지 않는 손이 나를 보호했던 것과도 같아. 내가 육류공장에 취직되었다고 말했기 때문에 시카고까지 기차를 타고 갔고, 그건 사실이었어. 왜냐면 내가 도살장 청년으로 일자리를 바로 찾았기 때문이야. 거기서 나는 바닥에 널브러진 더러운 걸 전부 그러모았어. 자르는 사람이 미끄러지지 않고 칼날이나 전기톱에 다치지 않도록 창자 끄트머리들과 장 조각들과 열린 가축들의 굴러 떨어진 피와 오줌 도랑을 문질렀지.

　그레그를 알게 된 건 오후반에서야... 여공들은 다른 내장들을 가려내는 작업장으로 갈 커다란 통에다 가축 내부를 비웠지. 하루는 내가 '빌어먹을'이라고 내뱉는 소리를 듣고는 그가 나에게 웃으며 다가 왔지. 정면으로 낯짝에다 대고 '바보' 하더니 웃음보를 터뜨렸어. 냉담이 멈췄다고나 할까... 그는 프랑스에서 한때 외인부대 병사였고 언어를 잘 기억했으며 그것이 우릴 가까워지게 한 거야. 그는 그가 청소하는 소들처럼 진짜 건장한 괴물이었어. 그의 앞치마는 항상 누르스름한 기름과 엉긴 피로 한가득 얼룩졌었지. 우리는 구내식당에서 같이 밥을 먹었고 햄버거와 비스킷을 나누었으며, 사실 그가 나에게 잘 해줬지, 뭐...

하지만 그는 이상한 남자였어. 내가 조심을 했어야 했는데. 매일 그는 첫번째 동물 목구멍에서 나온 신선한 피를 생산자에서 소비자 형식으로 한 그릇씩 직접 받아 마셨어. 그렇게 하면 건강해지고 피부에 좋다고. 기력을 되찾는 데 좋은 식이요법이라고 나에게도 권했는데, 왜냐면 내가 미라와 함께 산 이후로 빵부스러기를 버느라 애쓰는데 필요한 약간의 살점만 그저 붙어있었던 진짜 뼈다귀가 되어 너무 수척했기 때문이야. 미라는 폴렌타나 볶음밥, 튀김과 감자 케이크를 저녁 식사로 차려 놓고 나를 기다렸지만, 아무것도 나에게 득이되지 않았어. 나는 게걸스레 먹어치웠고 폭식을 했어. 그리고 나서 악몽으로 밤새 시달리는 침대로 무너져 내렸지. 나는 더이상 일지를 기록할 힘도 없었고, 더군다나 우리가 살았던 방구석에 끈적한 식탁과 덕지덕지 때묻은 식탁보로 구역질이 났었거든. 집안이 나를 쇠약하게 만들었다고나 할까. 잠자리에서 나는 내게 필요한 건 새로운 모험이고 나는 정착민이 아닐뿐더러 이 하찮은 외곽지에서 내 젊음을 탕진하고 있다고 생각했지. 동네에서는 보험료를 타기 위해 불태운 주택들의 폐허와 벽으로 막은 창문들과 거대한 샌드위치처럼 접은 줄무늬 매트리스 속에 자신들의 소지품을 이고 이사를 떠나는 가족들이 보였어. 살만한 주택지는 정말 아니었지.

내가 없는 동안 미라가 무얼 했는지는 전혀 알 수가 없었어. '얼마나 더러운지 안 보여.' 내가 가끔씩 말했지. '이런식으로는 살 수 없어. 인간이 아니야.' 그런 뒤에 나는 일을 하러 나갔고 네가 원했던 잔업도 마다하지 않았어, 알아. 감독관은 '기특한 것!' 하며 내 모자를 눈두덩까지 끌어내렸지. 당시에 달러는 좀 약했고 질나쁜 미국고기는 냉동이나 통조림되어 수출경기는 꽤나 괜찮은 편이었어.

그 모든 것에도 불구하고 나는 겨우 먹고살 정도를 벌었고 어떻게, 왜 상황을 개선시킬지 보이지 않았으며 기진맥진하거나 절망으로 벼랑 끝에 붙어있는 내 목숨을 걸고 어두운 터널 속으로 조심하지 않고 들어갔던 거야. 휴식시간에 나는 그레그에게 나의 이런 상황을 털어놓았지. 시카고에서 태어났고 도살장과 고깃덩어리 일에 만족했던 그와는 달랐어. 나는 쇠고기 통조림과 찌꺼기 고기통 속으로 영원히 사라지기 위해 도살체인에다 턱을 매달아 죽고 싶은 나의 초조함과 바램을 그에게 말했지. 그는 일단 웃었고 그런 다음 심각해졌어.

"그 여자는 널 망가뜨려, 알프레드. 확실해. 그녀는 거무스름한 손을 가졌어. 암컷 흡혈귀야. 뭔가를 하지 않으면

네 살과 정신을 앗아가고 말거야."

"나는 이해가 안 돼. 매일 저녁 공장에서 나오면 기차역
으로 곧장 달려가 대서양으로 떠나고 싶어. 선원이 시카고
에서 사는 건 맞지 않아."

"너는 영원히 떠나야 돼, 알프레드. 함정에 빠졌고 너무
늦었어. 이미 부둣가에서부터 너희들의 만남은 자연스러
운 게 아니었어. 그녀는 몇 해째 널 노리고 있었고 널 기
다렸고 갈아탈 밀항자 형태를 취했던 거야. 전생에 네가
그녀에게 비열한 짓을 했고, 이제는 그녀가 복수를 하려
고 너를 나약한 사람으로 바꾸고 있어. 너는 죄책감이 있
기 때문에 그냥 내버려두는 거야. 네 피부를 통해 머릿속
이 훤히 다 들여다 보여. 그건 마치 네가 이미 죽은 거나
다를 바 없지. 네가 계속해서 고통받고 있으니 이거야 말
로 최악이네."

　나는 그레그가 한 말을 곰곰히 생각했고, 그의 말들이 내
게 충격을 주었지. 특히 그는 내가 마음을 터놓고 말할 수
있는 유일한 사람이었어. 미라, 그녀는 항상 입을 다물었
고, 내가 그녀에게 욕설을 퍼부어도. 길어지면 짜증이 났
지, 이 침묵이라는 것. 미라벨에 핀 것처럼 노랗고 회색에
붉은 반점이 그녀의 피부에 있었기 때문에 미라라는 이름

을 붙여주었거든. 단지 그녀만이 내 옆에서 매일 밤마다 코를 골아대는 결코 예쁘지 않은 미라벨, 미라 쓰레기통이었어. 잠이 오지 않는 밤중에 등을 대고 넓적하게 누운 그녀를 들여다보고 있으면 나는 불길한 개수대처럼 그녀의 콧구멍으로 나의 기력과 나의 자양분이 비워지는 걸 보았지. 나는 잊으려고 폴란드 사람들이 증류한 감자 술을 들이켰어. 하지만 실은 내가 무얼 잊고 싶었던 거지? 이런 질문에 답하기란 어려워... 나는 인습에 빠졌었고 그래서 한 잔씩 더 마시곤 했지.

아침에 일어난 그녀는 술에 절어 바닥에 쓰러진 나를 발견했어. 날 보면서 생긋이 웃었지. 도살장의 피비린내가 날 안심시켰으나 바닥을 닦으면서 뒤로는 나의 전생들에 관해 불교와 환생에 관해 내가 읽었던 것들을 생각했어. 만약에 그 모든 게 사실이라면 나는 내가 태어나기 전에 허튼짓을 상당히 많이 했을 것이고 이와 같은 장소에서 일하면서 나의 카르마를 더욱 악화시킬 것이었어. 나는 흐릿한 눈으로 짐승들을 보면서 나의 천벌을 읽었고 미라에 대해, 몇 달전에 컨테이너에서 찾아낸 그 남자에 대해서도 내가 유죄임을 깨달았지. 그러면 이제 어떻게 해야 하나? 나는 더 잘 이해하기 위해 모든 걸 기억하고 싶지만 앞에서도 말했듯이, 이 시절에는 메모를 하지 않았어. 분위기들과 이미지들과 기분들은 아직도 내 머릿속에 남아 있지만 내가 그 모든 걸 멈출 수 있었던 중요한 순간들은 빠져 있어. 시카고행 기차에 올라탔을 때라던지 이민자 동네에서 이 숙소를 찾았을 때와 같은... 창문에 커튼을 달고 주석 항아리에 조화를 꽂는 건 막았어야 했는데... 이미 너무 과했고 주정꾼이 바다로 던진 이 술병처럼 불필요한, 불필요한 아름다움이었지 전부. 왜냐하면 아무도 이 테이프를 절대 듣지 않을 거라서, 어쨌거나...

가끔씩 나는 녀석의 얼굴이 기억나... 이날 나는 유리창을 통해 다시 한번 그를 쳐다보았고 손을 들어 보인 뒤에 공장으로 들어갔지. 그리고 영원히 돌아오지 않았어. 우리는 정말이지 조심성이 없어. 일주일 전에 그레그는 나에게서 오백 달러를 꾸었거든. 당시에는 큰 돈이었어. 거의 두 달치 월급에 해당하는 나의 전 재산. 나는 이유를 묻지 않았지만 그는 나를 구하기 위해서라고만 했어.

"그런데 넌 왜 나를 구하려는 거야?" 내가 물었지.

"왜냐면 넌 내 형제나 다름 없으니까, 그리고 너 혼자서는 안 될거야. 내가 바로 네 수호천사야, 하! 하! 단지 따지지 말고 내 말만 들어."

나는 내가 결심한 인생에 너무나 기진맥진했고 구역질이
났었어. 미라와 고깃덩어리 사이를 더이상 왔다갔다할 수
없었고 누군가가 내 일에 관심을 갖는 게 마음이 놓였어.
그레그는 검고 비딱한 이를 드러내며 웃었지.

"네가 젖니를 가졌구나." 하고 내가 덧붙였지만 그는 발
음이 같은 못난 이와 젖니를 구분할 정도의 미묘함을 간
파하지 못했고, 그의 불어 실력은 그리 좋다고 말하긴 어
려웠어.

그리하여 이 절정의 날, 그는 커다란 봉투를 나에게 건
넸지. 그 속에는 공항으로 가는 버스표와 런던행 비행기
표가 들어있었어. 이륙 전까지 세 시간이 남았고, 나는 탈
의실 사물함 속에 든 몇 가지 짐을 챙겨 감독관에게 임금
정산도 요구하지 않고 장화를 벗어 던졌어. 그레그는 나
에게 나머지는 자기가 알아서 처리할 테니 뒤돌아보지 말
고 떠나라고 말했지. 그는 내가 할 수만 있다면 행복해지
고 자유를 누리라는 조언까지 했어. 녀석, 산타클로스 역
을 맡느라 잘도 즐겼지! 그 이전에 우리는 다른 많은 얘기
를 나누었지만 이쯤에서 요약하고 생략한다...

자, 그래서 내가 떠났어. 나는 땀으로 악취가 심한 흑인
들로 들어찬 버스로 뛰어들었지. 점점 더 탈이 날 것처럼

느꼈고 토악질을 하고 싶었으나 탑승까지 억지로 버텼어. 정말이지 더이상 아무것도 이해되지 않았어... 나의 이름을 부르고 나를 허공으로 날린 건 운명이었고 매일 나와 같은 수십만의 사내들이 모든 극단적인 상황과 온갖 종류의 이유로 나처럼 이 공항에서 떠나지 않았을까를 생각했지. 그건 늘상 일어나는 일이고, 얼마나 평범했으면 비행기들이 가지런히 활주로에 두대씩 짝을 맞춰 이륙을 했던 거야. 어떤 면에서 보면 내가 미라에게 연락도 없이 도둑처럼 도망쳤다는 게 사실이야. 그렇지만 나는 선원 알프레드라 불렸고 그래서 도살장 방파제에 영원히 남는 건 의미가 없었지.

  ...나는 두 주임신부가 나를 찾아오기 전까지 이런 이야기를 아무에게도 하지 않았어. 이것이 내게 지난 추억을 떠올리게 했네. 그들은 내 얘기를 끝까지 들었고, 그런 뒤에 더 마른 신부는 내가 큰 죄인이었고 악마와 같이 검은 영혼으로 신을 화나게 만들었으며 만약에 임종 때 부서지는 걸 막고 싶다면 다시 태어나야 한다고 딱잘라 말했지. 나는 비웃었지만 그의 말에는 일리가 있었고, 특히 이야기의 마무리를 내가 마음속으로 간직하고 있었거든(그래 보았자 무슨 소용이람? 그들이 사실 영원한 천벌과 최후의 심판을

시도때도 없이 말했던 그레그를 생각나게 한 까닭으로 내가 단편적인 이야기를 내뱉기 시작했다고 생각했다).

...그래서 결국... 오랫동안, 나는 그날 저녁에 그레그가 고기 써는 식칼로 미라를 제거하러 갔다는 확신이 들었어. 왜냐면 그는 정말로 그녀가 흡혈귀나 악마의 심부름꾼이라 믿었기 때문에. 혹은 결국 목을 졸랐거나. 외인부대에서 그것을 배웠을 테니, 그래서 결국 그녀의 혀는 순대 조각처럼 완전히 검게 밖으로 뾰족히 튀어나왔을 거야. 그건 정말 가능해. 그레그는 나름대로 미친놈이었니, 그도 나의 영혼을 구원하길 원했으므로. 이런 사내들 세계에서 그런 건 광기에 속하지... 그러나 돌아온 이후, 나는 신문을 읽으러 그곳 미국 영사관에 갔었어. 어디에도 미라나 내가 살았던 동네 시카고에서 일어난 살인사건에 관한 말은 없었어. 나는 십중팔구 하찮은 죽음은 그 누구에게도 흥미롭지 않을 거라 단정했지.

그런 이후에 의심을 품기 시작했어. 어쩌면 미라는 결국 죽지 않았을 거라고. 이런 생각은 나를 안심시켰어야 했지만 그때부터 내 머릿속을 떠나지 않는 더 심각한 걱정거리를 만들었지...

그레그는 옷맵시를 고치며 시치미 딱 떼고 흉기를 내보

이는 사람처럼 단지 가끔씩 예전 외인부대 시절 자신이 저지른 실수 몇 가지를 제외하고는 자신의 얘기는 절대로 꺼내놓지 않는 사람이었고, 하지만 그는 미라와 나, 우리 둘의 인생에 열을 올렸었어. 그는 우리가 함께 어떻게 해결했는지 등 항상 자세하고 정확하게 물어 보았거든. 나는 때로 그가 경박하고 천근 같이 무거우며 자신의 내장이나 신경쓰는 편이 더 좋을 거라 말했어. 결국 그는 마치 무슨 결정이라도 내려야 될듯이 나를 삐뚜름히 노려보았고, 마침내 깔깔대며 웃었지.

"너는 내 아들이 될 수도 있었어. 그래서 널 보살피는 거야. 게다가 나는 네가 태어난 해에 너희 나라에 가있었지. 하! 하! 하!"

정말로 더러운 뚱보 놈이었어. 그는 점점 더 나에게 혐오감을 주었지. 아무도 그와 함께한 자리를 오래 견디지 못했기 때문에 그는 도살장에서 고독한 사람이었어. 내장을 분리하는 여공들마저도 그가 가까이 다가오면 웃음을 멈추었거든. 방울새들처럼 늘 즐거웠던 그녀들, 그녀들도 그를 퇴폐적으로 보았던 거야...

하긴, 유일하게 그다지 정상이 아닌 여자라면 그를 받아들일만 했지... 예를 들어 미라와 같은 사람... 내가 떠나고 난 뒤에 그는 어쩌면 그녀를 찾아갔을지 몰라. 우리집 문을 두드렸을 거야(그녀를 보고 바로 알아볼 정도로 나는 미라를 너무 자주 설명했다). 그리고 자신의 허풍으로 그녀를 어리벙벙하게 했을 테고. 혹은 아무 말 없이 먹을 걸 들고 그 큰 엉덩이를 내 의자에 갖다붙이려고 매일 다시 찾아갔을 지도 모르지. 그리고 어느날 저녁, 되돌아가는 걸 잊었을 거야. 그래, 아마도 나는 내 의혹의 답을 찾은 듯해. 신문 기사에서 사람들의 행복은 말하지 않지... 나는 두 미치광이 신부들이 나에게 남긴 십자고상을 쳐다보면서 그레그와 미라를 자주 생각해. 나 원 참, 그래. 지나가. 이 또한 지나갈 거야.

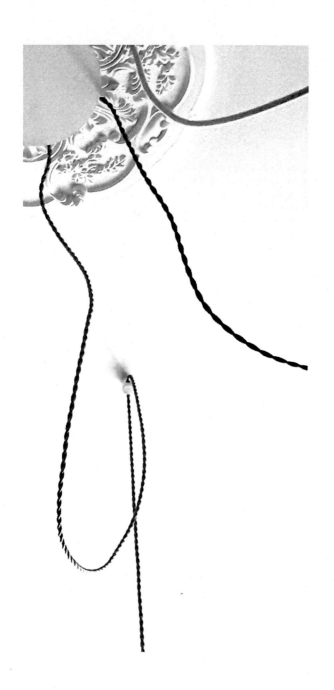

또 다른 시절

　로널드는 자신의 봄날을 알았고 존재의 특권처럼 제 자신을 정당하게 따져 볼 수 있었다. 그는 오 년간 대학에서 우수한 성적으로 학업을 마친 후, 수학 분야 최고의 노벨상이 있었다면 백번은 더 선정되었을 교수 밑에서 연구할 수 있는 두 학기 미국 연수장학금이 지불되었다.

　결국 그는 멕시코 국경에 인접한 도시에 착륙하기 전, 어느 초가을에 시카고를 경유해 그린란드를 날아올랐다. 무더위로 숨이 막혔다. 공항 터미널에서 청년은 그의 이름이 적힌 판지를 손에 든 친절한 마중을 받았다. 그래, 모든 것이 순조롭게 잘 풀리고 있었다.

　아주 오래전부터 로널드는 전문가들 사이에서 넉넉히 소통하기에 충분한 초라한 영국 과학잡지를 읽는 습관을 들였다. 나머지는 말할 때 새 동료들이 발음을 또렷이 내고 단순한 동사 사용에 주의하기만 하면 되었다. 첫번째 주에는 지역의 위험한 곳을 알리고 야경이 좋은 곳을 추천도 할 겸해서 동료들이 차례로 그를 저녁식사에 초대했다.

수학 지구에서는 윤기나는 잎사귀를 단 관목들이 육각형 광장을 향해 줄지어 있고 넓다란 창이 동쪽으로 난 독방 하나를 로널드에게 지급했다. 멀리서 벌써 사막이 언뜻 보였다. 기숙사는 명예의 홀 내부에 실제 크기의 입상이 세워진 지역의 억만장자 부부, 난시와 페르시바 화이체드의 자비로운 기부금 덕분에 건설될 수 있었다. 공공건설업자인 페르시바는 아직도 공사장 헬멧을 쓰고 있었다. 그의 뒤로는 원자력 혹은 대성당 아래 스타이움과 댐과 고층빌딩과 정체불명의 돔 같은 것이 보였다. 왼쪽에는 난시가 꿈꾸듯 모서리가 부서진 도리안 기둥에 등을 기대고 있었다. 그녀를 인질로 붙잡고 있던 마법에서 해방될 시간을 기다리는 공주를 닮았다. 조금만 더 가까이 다가가서 보면 동상 초석에 페르시바가 자신의 인생주기 전체를 이미 다 주파한 날짜가 유일하게 새겨진 것을 확인할 수 있었다. 어쩌면 공주가 깨어나길 기다렸던 건 단순한 죽음이 아니었을까. 그리고 직관적인 호감과 미묘한 탈바꿈의 완성을 돕고 싶은 터무니없는 욕구가 그녀에게서 느껴졌다. 게다가 이 명예의 홀은 너무나 화려하게 장식되어 바깥에서는 태양이 쉴 새 없이 콘크리트와 강철을 치는 반면 내부는 이곳을 지배한 신선함의 이유로 방문객들로부터 우주적 박애심을 불러일으켰다. 니켈로 도금한 샘이 입구에서부터 조잘댔고 겉에 백두재단(THE WHITEHEAD FOUNDATION)이라 써진 종이컵으로 떠 마실 수 있는 맑은 물을 사람들에게 권했다.

매일 아침 여섯 시가 되면 로널드는 여남은 스포츠맨들이 이전보다 더 나아지고 싶은 육체에 대한 걱정으로 쉼 없이 단련하는 거대한 올림픽 수영경기장으로 나섰다. 그는 다양한 형태의 풀 십오 미터 길이를 달성했다. 자신의 몸에 물의 미끄러짐을 주의한 다음 완벽한 균형점을 찾으려는 노력과 함께 오랫동안 등을 대고 수면 위를 떠다니게 내버려두었다. 그의 근육은 몇 주가 지나자 단단해졌고 피부도 좋아져서 더 매끄럽고 더 팽팽해졌다. 폭염이 기승을 부리던 날 그는 머리를 삭발했고 자신의 수상 활약이 발전했음을 만족스럽게 확인했다.

일곱 시 정각에 그는 구리색 피부에 땅딸막한 남자가 손님의 주문에 따라 돼지기름살 튀김과 붉은 가루치즈와 깍둑썰기한 피망과 양파를 곁들인 두터운 오믈렛을 준비하는 구내식당으로 갔다. 디저트로는 비엔나풍의 빵과 작은 사과파이나 소시지류 혹은 유제품류 몇 가지가 마련되어 있었다. 로널드는 멋진 아침식사를 막 시작한 조용한 아시안 학생들이 자리잡은 테이블을 선택했다.

아침나절은 길고 유익하며 무더위를 대비해 재충전하는 하루 중 가장 중요한 부분을 차지했다. 이것은 특히 정신적 계획으로 봐서도 사실이었다. 자기 방으로 돌아온 로널드는 광전자의 대홍수 속으로 빠져들기 위해 책상에 앉았다. 그는 태양열 에너지가 자신의 개인 연구를 촉진시킨다고 생각했고 결국 이 자연의 선물을 하나도 놓치지 않기 위해 완전히 옷을 벗어던졌다. 이상하게도 그의 시력이 부쩍 좋아지고 있었고 물 한 컵을 찾으러 갔을 때 거울 속에서 다시 젊어지고 동시에 시간을 초월한 자신의 모습을 들여다 보려고 소싯적부터 끼고 다니던 안경도 곧 벗을 수 있게 되었다 ('나는 수은의 왕이다.' 하고 그가 혼잣말을 했다). 유학생활 초반에 그는 부모에게 보내는 편지에 자신이 느낀 육체적이고 정신적인 돌변과 열광적인 아침나절들과 오믈렛 화덕 앞에 꽂힌 인도사람을 묘사하고 싶었으나 그것은 그들에게 걱정의 파동만 불러일으킬 뿐이었다.

오후 중에 그는 마지못해 옷을 차려입고 차를 타고 몇 킬로미터 떨어진 과학대학으로 갔다. 이 시간에는 보행자와 마주치는 일이 드물었다. 왜냐하면 현지인들은 마치 하루가 지나면서 다양한 유성들이 차례로 마을 위를 연잇기나 한 것처럼 그들이 '하얀 태양'이라 이름지은 이것을 꺼려했기 때문이다. 많은 경찰차들은 매우 느린 속도로 거리와 대로를 두루두루 순회했고 그러다가 갑자기 누군가의 과속이나 신호위반 혹은 공원 안에 노출광이 있다는 신고를 받고 속력을 내곤 했다. 이렇게 경찰이 밀집한 건 신무기를 개발하는 비밀 군사기지가 근처에 있기 때문이라고 누군가가 로널드에게 설명해 주었다. 반면에 차량통행이 뜸한 바로 마을 출구인 mad mile (광기마일) 이차선 직선구간에서의 교통법규 위반은 암암리에 받아들여졌다. 지역 젊은이들은 기분을 풀러 여기로 모여들었고 그들의 가장 큰 낙은 자동차 세 대 선상경기로 이루어졌었다. 좁은 차도는 최소한의 일탈로도 죽음을 불러왔고 갓길에 박아둔 십여 개의 십자가들로 운전수들의 열의를 증명했다. 사막 초엽에 새워진 폐쇄된 모텔 안에서 불법 도박판이 열렸다 하더라도, 나 참, 자동차 레이스 결과에 내기를 거는 건 금지였다.

　마을 안에서는 광기마일의 영웅과 추모식이라는 명성의

교만을 잡아당겼다. 가장 나이 든 노인들은 그들 시절에
는 경기가 훨씬 더 살인적이었고, 그걸 허락한 집사람들
은 큰 실수를 저지른 거라 주장했다. 이방인들에게는 가족
콘테스트를 겨루게 한 1966년 유월 6일, 세 사람 모두 사
망했던 칼드웰 형제의 생가를 자랑스럽게 내세웠다. 시내
기념품가게에서는 불모의 암석이나 네온사인을 배경으로
한 야구모자를 쓴 적갈색 주근깨의 어린 소년들, 까까머리
를 한 학생들이거나 보디빌딩 신봉자들인 칼드웰 형제들
을 묘사한 석판화를 팔았다. 신화라는 것, 그것은 *Forever
young* 영원한 청춘으로 절대 변치 않는 것이었다.

 해질녘까지 완전히 파란 하늘은 입방체의 부피와 수직선
들로 두드러졌고 외박 나온 군인들의 턱과 산보 나온 퇴
직자들의 두터운 얼굴 피부로 단단해졌다. 하지만 마침내
밤은 이 무기질 도시로 떨어지고 말았다. 광도 잃음에 대
한 균형이라도 잡으려는 듯이 온 마을에서 차차 밝아오기
시작하는 오렌지색 천체가 있는 곳에서 믿을 수 없을 정도
로 부드러운 보라빛 시간이 존재했다. 로널드는 연구과제
중에 컴퓨터실 중앙에 먼지낀 창을 통해 이런 현상을 관찰
하려고 잠시 휴식을 취했다. 수다스럽고 집념에 사로잡혔
던 젊은 학생들을 포함한 대부분의 동료들도 덩달아 쉼을

했고 결국 한창 계산 중이던 컴퓨터들의 윙윙거림만 남았다. 바깥에서는 털이나 깃을 단 작은 동물들이 도마뱀과 곤충들을 뒤이었다.

수학자들의 일과가 마칠 무렵이면 주로 어둠은 더욱 깊어갔다. 소다수나 아이스티(그것은 항상 생일을 축하하거나 유명잡지에 기사가 올라왔을 때와 관련된다)를 한 잔씩 들이킨 뒤에 무리는 몇 분만에 뿔뿔이 흩어졌다. 대학의 거대한 주차장이 빠르게 비워졌고, 단지 조명기 주위로 모기떼가 지글거리면서 때때로 개를 데리고 전기곤봉을 손에 든 유니폼 차림의 수위아저씨만 제외하고는 순식간에 캠퍼스 내에는 더이상 아무런 생명체가 남지 않았다. 로널드는 가는 길에 두텁고 끈적거리는 반죽 위에 아침 오믈렛 속과 똑같은 재료들을 찾아볼 수 있는 딩고피자 앞에서 차를 세웠다. 하지만 그는 이런 규칙성이 마음에 들었고 멕시코 배달원들과 거구의 경찰들과 지친 미혼모 손님들 속으로 파고 드는 것 또한 좋았다. 가끔씩 거품 빠진 맥주와 닭튀김 애호가가 친구에게 하듯이 그에게 통상적인 몇 마디를 건넸다. 그는 자신의 인생을 이토록 변함없는 리듬으로 끝마칠 수 있으리라 생각했다. 그 댓가로 저녁이면 커피메이커 같은 곳에서 끓어낸 미지근한 치즈가 또아리를 튼 자신의 피자들에 에워싸인 요리의 달인을 감상하는 것이리라.

더 멀리 그리고 더 나중에 로널드는 이번에는 확실히 세계 챔피언, 말하자면 미국 챔피언이 되리라 그들의 팬들에게 매년 약속했던 크루세이터 아토믹 경기장을 산책했다. 그는 천천히 운전했다. 전조등이 사막자락을 비질했을 때 그는 더욱 서행했다. 뜯어진 크래커 과자봉지가 옆 좌석에 놓여있었다. 북쪽으로 병사들과 폭격기들이 요란하게 울리면서 기지로 내려앉았고 눈으로 오랫동안 우수에 찬 반짝거림를 좇을 수 있었다. 그런 뒤에 그것들 마저 어둠과 침묵 속으로 사라졌다.

로널드는 이러한 도시에서 영원히 자리 잡을 수 있었을 것이다. 그도 화이체드와 칼드웰처럼 불사신이 될 수 있지 않을까? 자신의 체류기간이 끝나갈 무렵 저명한 교수가 그에게 조교 자리를 제안했다. 아침나절의 끔찍한 허리 디스크를 마주하고 자신의 방 안에 웅크린 그는 자신에게 미소 지은 이 커다란 희망의 제안을 간단하게 고민한 뒤에 구름들과 수줍은 태양의 나라로 박사학위를 마치기 위해 결국 대서양을 다시 건너갈 결심을 했다. 단순한 편지 한 장이 그의 귀국을 부추겼다. 혹은 어쩌면 지난번 자신의 야간 탐사가 실망스러웠거나. 대학은 이전보다 더 좋은 조건으로 그에게 새로운 제안을 했지만 더이상 아무런 소용이 없었고 로널드는 마지막으로 수영하는 시간과 정보과학 연구실에서 자그마한 작별파티를 연 다음 휴가신청을 냈다. 종려나무와 백두동상에 마지막으로 인사하는 것 또한 빠트리지 않았다. 그의 인생에서의 이 한 해는 이렇게 기하학 단지 속에서 흘러갔다. 우주적 질서의 아침과 수영장의 눈부신 물이 그리울 것이다. 이처럼 왕성했던 체력은 다시 찾지 못 할 것이다. 차차 자신의 커다란 몸이 기울고 쇠약하는 것을 그리고 더 나중에는 눌리고 허리가 구부러지는 것을 보게 될 것이다. 그는 자신의 황금기를 지났었다.

꽃 목록

바다일광요법 요양병원은 회복기에 있는 군인들, 특히
고통스럽게 호흡할 수 밖에 없고 가스 피해를 입은 폐병
환자들을 받아들이기 위해 아주 오래전에 지어졌다. 너무
나 오래전인 그때는 긴 의자와 안락의자들이 놓였던 한없
이 길고 좁다란 유리창 통로들이 있던 시절로 거슬러 올
라간다. 정원에서 산책하기에는 바깥 온도가 너무 시원한
시월에서 오월 사이에 비교적 건강한 환자들은 그들의 오
후를 이곳에서 보낸다. 카드나 체스게임도 열리지만 많은
환자들은 군데군데 천장 바로 밑에 부착된 텔레비전 앞에
앉는 것을 더 좋아했다. 통로는 다른 병동 끝에서 왔거나
한 다리로 균형잡고 건너온 편지나 작은 물건들을 간호사
들이 수월히 나르도록 조합에서 좁은 컨베이어벨트 설치
를 허가받았던 상태 그대로이다. 모든 것이 태양광을 최

대한 받아들이기 위해 고안 계산되었고, 그것들이 하얗게 번들거리는 암벽 위로 튀어오르려고 구름층을 뚫고 나올 때에 빛은 거의 무정하게 변했다.

몇 십 년이 지나면서 현대식 증축을 했다. 그것의 건축술은 가끔씩 인접한 해수욕장에서 착상을 얻었는데 그래서 벽에는 색 도자기와 유리포석을 입혀 놓았다. 태양빛 아래 그것은 하늘과 바다보다 더 많은 빛을 발산했고 사람들은 젊음과 건강을 약속하는 이와 같은 건축물을 인간이 지을 수 있었다는 것에 감탄했다. 바다일광요법 요양병원은 최근에 국제적으로 중요한 외상치료학 센터의 설립 때문에 더욱 새롭게 확장되었다. 전국에서 그리고 병원의 커다란 명성에 힘입어 국경까지 넘어온 교통사고 환자 백여 명을 위층들에서 수용하는 동안 수술실은 지하에 자리잡았다.

지붕 아래 꼭대기 층에는 육 개월 이상 혼수상태에 빠진 환자들에게 예약된 태양광 판이 설치되었다. 일반인들은 계단으로만 그곳에 접근할 수 있고 특수 엘리베이터는 유일하게 환자의 가족들과 의료진들만 사용할 수 있었다. 이곳에서는 사생활 개념이 가치를 잃었고, 각각의 병실은 열여섯 개의 침대가 단순한 커튼으로 나뉘어져 있었다. 아이의 그림들로 벽을 장식했고 약간의 가족 사진들이 갑자기 길고 고통스러운 여행을 하고 돌아온 방문객들을 맞이하려고 침대 머리맡 테이블 위에 놓여있었다. 방문 시간을 제외하면 전반적으로 평화로운 기다림과 믿음의 분위기가 그곳을 지배했다. 단지 인내심만 가지면 되고 가족과 친구들이 그들의 가장 감동적인 배려에도 불구하고 요컨대, 무신경하게 누워있는 이 배은망덕하고 외따로 떨어진 친분을 맺은 사람의 옆으로 다가와 조용히 앉아있기 위해 백여 킬로미터를 달려왔을지라도 그러한 시간이 올 것임은 분명하다. 병실을 떠나면서 몸에 두른 하얀 침대시트와 그 위에 압정으로 고정된 즐거운 채색을 향해 마지막 시선을 한번 던진 뒤에는 바람이 불어대는 주차장으로, 저기 구내식당 부엌 뒤편으로 돌아간다. 날리는 모래가 눈과 다리를 따끔거리게 하니 자동차에 타는 것을 서둘러야 한다.

신식과 구식 건물 전체는 드넓은 면적이 부분적으로 바다와 연결되었고 공업지역과 복합 체육관에 의해 마을과 분리되었다. 바다일광요법 요양병원은 레저센터나 어쩌면 나체주의자들의 캠프장 갈래길 끄트머릴 찾고자 하는 희망으로 가끔은 갓길을 우회하는 이 이상한 명칭에 당황한 고속도로 이용객들에게 오래전부터 알려져있었다. 당연히 그들은 정상적인 피서지 대신 여기 '룽고마르'라 불리는 바닷가에서 휠체어로 산책하는 남자들과 여자들을 발견한 뒤에 좌절했었다.

　하지만 전반적인 분위기는 서러움에서 멀었다. 예를 들어 요양병원 환자들은 안뜰과 단지 내에서 길을 헤매는 여행객들에게 불충분한 안내를 하거나 자신들만 아는 별칭(노인 의학은 '연금 저택', 외상 치료학은 '청춘 굴리미' 등)으로 다양한 센터들을 가리켜 따돌리길 좋아한다. 게다가 그곳의 행정은 길고 긴 투숙기간 동안 환자들에게 수많은 운동과 수공예와 문화활동에 참여하도록 유도했다. 바다일광요법 요양병원은 그들에게 필요한 거의 모든 식물도 직접 재배해왔고 옛 군부대 터에 자리잡은 원예와 채소 하우스들은 대부분의 하숙인들이 전임으로 채용되는 것을 허락했다. 그들의 기술정보는 더이상 아무에게도 보여줄 수 없었고 공개되지 않은 과일들과 야채들의 어떤 종들은 이곳에서도 처음으로 수확한 것이었다. 그것은 결코 드문 경우가 아니었으며 급기야 전문 잡지사에서 취재를 하러 오기도 했었다. 그리하여 지난 호「야채와 사람들」에서는 호박과 대형 오이 궤짝 뒤에서 자세를 취한 노동자 단체를 소개하고 그 위에 다음과 같은 전설을 기입했다. '요양병원 챔피언들은 미숙한 정원사들이 아니다!'

이 공동체는 처음에 뛰어넘어야 했던 어려운 조건에서 최선을 다해 준비하고 이용할 줄 알았던 것이 보인다. 개성적이고 강인한 인생이 발전했고, 옛 환자들은 이제 그들의 가족 곁으로 돌아와 적잖은 그리움으로 동료들과 나눠가졌던 극성스러운 로또 판과 간식과 오락, 그 모든 즐거운 순간들을 회상하고 있다.

의사들과 진료보조사들도 마찬가지로 바다일광요법 요양병원의 매력에 민감했다. 그들은(삼 년에서 오 년 이상의 계약서를 기대하면서!) 첫 경력을 쌓을 결심으로 또 시내에 개인진료소를 열거나 혹은 덜 고립된 종합병원에 한 자리를 잡기 전에 약간의 저축을 할 계획으로 어느 날 요양병원 앞뜰에 하차했다. 막 도착한 그들은 기존 팀들의 판에 박힌 관례와 연구방도의 부족을 이해심 없이 불평했다. 하지만 몇 해가 흘러도 그들은 다양한 이유로 떠나는 것을 끊임없이 미루고 있다. 왜냐하면 도대체 어디에 가서 이와 같은 근로환경과 이토록 병과 장애에 전적으로 헌신하는 가옥을 찾을 수 있단 말인가?

의사들의 빌라는 더욱 야생적이고 암반층으로 변해가는 해변가 저기, 모래 언덕줄기 너머에서 포개어진다. 그들 중 대다수가 범선과 조류학에 열정을 갖고 있고 발음 교정

사 혹은 작업 요법사들과 결혼을 하고서는 선험적이고 애교 없이 느껴지는 이 지역에 정착한다. 동이 틀 때면 가시 골담초와 사방용 잡초의 경치가 황홀케 했고 그들의 빌라 단지를 지배하는 고지에서부터 앳되고 아롱진 건물들이 마치 목화 외피가 상냥하게 떠오르는 것처럼 보임을 발견할 때면 겨울 바다안개와 흐릿한 물조차도 그들에게 신비로운 환희를 불러일으킨다.

그러나 에르빈이 바다 일광요법 요양병원에 받아들여진 것은 봄이었다. 꽃과 과일과 정원사 친구들을 위한 이 잔인한 시기에는 삽과 전지용 가위부대가 도처에서 분주했다. 한창 철에 둔탁한 화단의 향기는 너무나 강렬해서 때로는 조심성 없는 관광객이 검은 부식토에 코를 박고 의식을 잃는 경우도 있었다. 해마다 봄이면 다른 기관에서 클리닉의 역사와 정신을 상징하는 대형 꽃장식 제작을 주관했다. 올해는 교통외상 치료학 젊은이들이 전체 상주자들을 위해 체질 요인의 중요성을 설명하길 원했었다. 마지막에 그들은 룽고마르 행정관을 가르는 중앙 못에 거대한 황수선화 다발을 설치했고, 그리고 나서 주변으로 각양각색의 꽃잎들과 야채 동강이 – 당근, 순무, 감자... 들을 흩뿌렸다. 그것들은 언뜻 보아 두 수면 사이에 우연히 떠다니는 듯했고 요양병원의 상주자들을 표현할 목적인 것처럼 보였다.

이 작업물은 일차적인 평가에서 그리고 다른 관들로부터 맹탕이라는 심각한 비난을 받았다. 하지만 제임스 딘 조의 하숙인들은 공동체에서 한번도 완전한 자격을 가진 회원들처럼 받아들여진 적이 없었다는 것에 주의를 해야 한다. 그들에게는 어쩌면 연차와 가옥의 문화와 원예에 대한 진정한 사랑이 부족하다. 그들만이 유일하게 아직도 마을 안을 헤매고 커피숍과 거리 상가의 소음에 도취되는 것이 필요하다는 것을 느낀다. 우리는 거기 빼꼼 높이에서 다른 젊은이들의 짧게 깎은 머리와 뚫은 귀를 알아차린다. 그들은 주로 격하기 쉽상이고 그들의 참석은 판매와 소통을 혼란케 해 단골 손님들을 어둡게 한다. 그들이 마을에서 슬프고 화가 나서 돌아오는 날이면 요양병원을 절대로 떠나지 않을 것을, 앞으로는 자기들끼리 아메리카 동의 체육관에서 농구나 탁구를 칠 것을 다짐한다. 그러나 그들은 베테랑들의 빈정거리는 눈빛 아래 스스로를 체념하는 데 시간을 들일 것이다. 그들은 인기가 없고 그들이 그것을 잘 알고 어쩌면 올 봄에는 모든 관습에 반하는 고귀한 꽃들과 겸손한 야채들을 섞어 비웃음의 조롱에 답하길 원했을 것이다.

　에르빈은 알력과 가장 냉혹한 평이 간략하게 사라진 영원한 아침을 밝힌 셀 수 없이 많은 버찌나무들이 한창 꽃 피우는 시절, 이런 우여곡절 바로 직전에 도착했다. 육체들도 일시적인 원기를 되찾았고 가장 성마른 상주인들 혹은 가장 심각한 장애인들과 거의 결코 자신의 방을 떠나지 않는 환자들 조차 모두에게 그리고 아무에게나 선사하는 이 부드러운 폭발을 감상하려고 투덜거리며 좁은 통로를 밀고 나가는 걸 받아들였다. 에르빈 그도 역시 자신의 첫 체류기간에 이 고요한 의식에 참석할 수 있었으나 상당히 빨리 차가운 소나기가 나무들의 꽃잎들을 떨어뜨렸다. 신발들과 바퀴들이 행사 뒷날 도랑으로 쓸려간 색종이 조각 같은 걸 찢으며 더럽혔고 마치 요양병원 전체가 정말이지 우수에 찬 모습을 드러내고 말았다. 확실히 정신 건강학과의 창설은 결코 받아들여질 수 없는 것이었다. 더군다나 바다의 공기와 태양은 이와 같은 종류의 병은 막을 수가 없었다.

　에르빈은 풋내기, 신참일 뿐이었다. 그리고 이 끝없는 갈등에 참견하는 건 용납될 수 없었다. 그는 의례적인 농담들을 잘 이해하지도 못했고(누군가가 당신에게 일이 잘 풀렸

는가를 물어 볼 때에는 '룰렛판처럼'으로 대답해야 한다), 그렇기는 하지만 내과 선배들은 연배와 자신의 이해관계를 핑계 삼아 그러한 것을 기꺼이 받아들였다. 그가 첫 입실을 한 이래로 그는 여러번 예고 없이 자신의 주방과 사무실과 보도에서 또다시 쓰러지기 시작했다. 다양한 전문의들이 종합검진을 시행했으나 이 체력저하의 이유에 대한 소견은 서로 갈리었다. 에르빈은 순식간에 팔다리 근육 키우기를 소홀히 한 운동선수의 모습이 되어 특히 가슴과 어깨가 부풀어 오르기 시작할 때 바다일광요법 요양병원으로 이송되었다. 이 비대증은 목을 흡수시키고 등과 흉부를 반들거리고 거의 붉게 변하는 피부의 얇팍해짐을 일으켰다. 더 이상한 것은 만약에 우리가 갈비뼈와 복장뼈를 적당히 누르는 훈련을 한다면 그의 앞가슴이 스폰지 소리를 낸다는 것이다. 환자가 아무런 고통을 느끼지 못하는, 다른 관점에서 보자면 놀라운 이 의학적인 몸이 임상진단표를 모략한 것이나 다름없었다. 기껏해야 그는 너무 헌신적인 인턴이 부어오른 이 피부 속에 소중한 근육을 두드려 되살리기 위해 심장병 환자용 원시 마사지와 비슷한 것을 내질렀을 때 항의를 할 뿐이었다. 그 외에도 그는 마치 신진대사가 갑자기 더 활성화되는 것처럼 오히려 기분

좋은 열기를 느꼈다.

"언젠가는 고통을 느끼기 마련인데, 그렇지 않고서는 불가능해."

왕진을 돌면서 하루는 의원장이 그를 눈여겨 보았다.

당장에는 시의 적절치 않은 악화들로 가장 걱정되는 증상의 환자들이 먼저였고, 에르빈은 오랜 망설임 뒤에 수락한 휠체어로 다니는 어색함을 안고 사는 중이다.

"어쨌든, 그가 결국 브리짓에게 말했다. 걸을 때는 내가 꼭 기계처럼 구르는 것 같다니까. 불쾌해. 나 답지 않아."

그는 눈꺼풀을 닫았다. 이런 자유 아래 햇살은 수면 위를 고요히 노니는 듯 했으나 인내의 파편이 지나친 믿음의 시선에 상처를 입혔다. 레지던트 진료센터는 개인실 없이 옛 본관의 날개쪽에 자리 잡았고 에르빈은 다른 세 사람과 병실을 나눠써야 했다. 그의 왼쪽 창가에는 젊은 외국인이 자신의 나라 신문을 읽으면서 시간을 보냈다. 가볍게 튀어나온 그의 눈이 이따금씩 이국적인 서체를 떠났고 혹시라도 자신을 비웃거나 가장 중요한 정보를 그가 모르는 사이에 주고받는 것을 걱정하여 병실 친구들을 슬쩍슬쩍 살폈다. 그의 초조함은 의사들의 정기 진료가 있는 아침이면 극에 달했다. 의원장이 그에게 이해하기 쉽고 용기를 북돋기 위한 몇 마디 말을 건넸다. 귀담아 듣지 않는 젊은이는 마치 자신이 불량배 패거리에게 막다른 골목에서 몰리기라도 한 것처럼 에르빈의 시선을 찾으며 찡그리며 웃었다.

그것은 다른 환자들이 어쩌면 더 짓누르는 제 자신의 비참함을 잠시나마 잊게하는 참으로 가엾은 광경이었다. 이처럼 그의 바로 앞 침대를 차지한 늙은이는 하루에 단지 몇 시간만의 의식이 돌아왔다. 가끔씩 그는 가슴 아픈 후회로 어쩌면 괴로워 가느다란 신음소릴 냈다. 오후의 이른 시간이면 우둔한 무기력의 상태로 떨어졌고 간호사가 그를 침대에서 휠체어로 나동그릴 때 비로소 하얀 눈동자를 드러냈다. 다행이 그의 벗겨진 이마도 곧 다시 떨어졌다. 그리고 너무 심한 충격으로 이미 멍해진 숫양처럼 보이지 않는 난관 속에서 정신을 차리고 싶은 듯이 보였다.

병실을 함께 쓰는 네번째 식구 로키아 씨, 에르빈의 앞에서 코를 골며 잠을 잤다. 그는 완벽하게 건강해 보이지만 끔찍한 불치병에 걸려 시한부 인생을 살고 있다고 했다. 그의 금발 콧수염은 말할 때 흥분해서 가볍게 흔들렸고 우리가 그의 좋은 안색과 눈부신 피부를 상기할 때마다 격분했다.

"나는, 썩고 있는 데가 속이야. 그가 설명했다. 진짜 중

병은 절대 밖으로 보이지 않아(그는 자신의 거짓된 원기를
증명하려고 캥거루 펜티 바람으로 침대 위로 훌쩍 뛰어올랐다).
하지만 언젠가는 단번에 속에서 폭발할 거야, 펑! 유령처
럼 증발해서 로키아는 더 이상 없지... 네들한테는 재밌을
걸, 나를 과소평가한 걸 후회하게 될 거야."

그는 에르빈에게 상당한 친근감을 느꼈다. 사실대로 말
하자면 에르빈은 병실에서 유일하게 말대꾸를 할 수 있는
사람이었고 혹은 적어도 유일하게 그의 유머의 진가를 알
아볼 수 있는 사람이었다.

"내 가엾은 에르빈! 노인 쓰레기와 빤질한 낯짝 사이에
우린 정말이지 왁스칠 안 됐어(운이 없어), 둘 다!"

꿈나라

대부분의 거주민들은 실내 놀이나 대서양과 먼바다를 항해하는 선박들을 배경으로 한 텃밭 가꾸기를 더 좋아했다. 점심 식사 이후, 다양한 팀들은 오후 내내 각자가 가장 좋아하는 활동에 전념하려고 모여들었다. 에르빈은 전용 방음실 개조 허가를 받기위해 신입들을 끊임없이 찾고 있는 요가클럽의 직원들로부터 연락을 받았다. 그는 그들을 피해 경사면으로 기울어진 룽고마르와 연결된 해변으로 가서 틀어박힐 시도를 했다. 해변은 일반인들에게도 개방되어 있었고 꼬막을 캐고 꽃게 줍는 사람들과 마주칠 수 있었다. 에르빈은 모래사장에 앉기위해 자신의 휠체어에서 내렸고 거기서 석영의 결정체들과 조개 조각들을 추리며 오랫동안 시간을 때웠다. 주로는 항해선이나 범선의 동향을 살피려고 고개를 치켜들었고 힐끗 쳐다보는 두 눈길 사이 시야 안에서 새로운 요소가 나타나지 않는 경우는 아주 드물었다. 가끔씩 그의 모습과 휠체어를 보고 당황한 꼬마 녀석들이 다가왔다. 그는 궁금증에 만족스러운 답이 될 만한 이 연기증을 앓고 있다고 결국 설명했고 질문에 망설이며 대답했다. 그들은 갑자기 압도되어 여러번 뒤돌아보며 멀어져 갔다.

평소에 로키아 씨는 한두 시간이 지나면 이런 고독함에 휘둘렸다. 그는 에르빈의 겨드랑일 붙잡고 휠체어에 올라탔고 요오드와 기운을 돋우는 환기의 친구를 잔뜩 빌리겠다는 핑계로 옹골지고 축축한 모래사장 위로 전체를 힘껏 밀기도 했었다.

가족들은 환자에게 또 다른 만족감을 가져왔다. 브론슨과 두 아들이 교대로 각자가 틈이 날 때마다 근심거리 에르빈을 위로하러 찾아온 반면 브리짓은 퇴근 후에 거의 매일 저녁마다 찾아왔다. 예를 들어 윌리암과는 몇 가지 시험이나 수업 분위기에 관한 질문으로 시작했지만 선명한 관점의 결여와 불안한 대화는 순십간에 정비소 운영과 사업 경기와 관련된 문제로 빗나가 버렸다. 하지만 이런 주제들의 실체도 역시 윌리암을 진정으로 열중시키지 못했다. 무미건조한 침묵이 내려앉았다. 그리고 이런 거리낌

을 느끼는 아들을 벗어나게 하려고 결국 에르빈은 도서관
에서 빌린 책의 한 단락을 읽어 보라고 권했다. 제목에서
부터 벌써 윌리암은 당황했고 이 난처함은 장을 넘기면서
커져만 갈 뿐이었다. *스프로케트 의사의 '사랑은 병이 아
니다'의 결말을 잘 들어봐.*

'사비에라는 자신도 모르는 사이에 그때까지 그녀가 겪
었던 길고도 고통스러운 여정이 이제 어디로 이끄는지를
알게 되었다. 아 아니, 그녀의 고통은 무의미한 것이 아니
었다. 그녀는 스프로케트 의사의 어깨 너머로 풍만과 기쁨
의 긴 세월이 준 행복의 지평선을 어렴풋이 보았다. 인생
은 나름대로 의미가 있었고 그녀는 그것을 항상 예감했으
며 그녀의 미래에 대한 신념은 이제 그 대가를 얻었다.'

"벌써 끝 났어? 잠시 침묵을 지키고 있던 에르빈이 물었
다. 아쉬워라, 좋았는데."

"이게 그렇게 마음에 들었어?"

"넌 아니야?"

"난 잘 모르겠는데... 문학에 한 장르지. 약간 마니교도
에 약간 단순한. 나는 스타일 운운하지 않고 이런 걸 쓸 자
신이 없어. 하지만 어쩌면 내가 영혼의 신선함이 결여되
었을 지도. 아픔이 의미가 있는지 모르겠네. 예를 들어 너

무 쉽다는 거야. 스스로를 위로하려고 하는 말이지. 내가 보기엔 그런 것 같아."

"어쩌면, 하지만 어떤 책이라도 그 속에 진실된 부분은 있기마련. 이 책에는 등장 인물들이 고통받는 것처럼 보이는데, 그건 그리 중요치 않아. 왜냐면 그들이 살기 위해 단지 정신력을, 하루종일 자신들의 상처 긁는 걸 필요로 할 뿐이거든. 이것이 그들의 진정한 사치성이야. 의사나 간호사가 되는 것보다 더 중요하지."

"이제야 깊이있고 섬세해지셨군요. 이런식으로 표현하는 걸 이전엔 한 번도 들어본 적이 없어... 우리에게는 어찌 되었건 뭣보다 매출액이 가장 중요하지."

말하면서 윌리암은 팔짱을 꼈고 휠체어 위로 몸을 구부렸다. 그가 하는 말들이 꼭 조소를 숨기는 듯 했다.

"그건 그렇고, 에르빈이 말을 이었다. 네가 책을 출간하려던 계획은 어떻게 되었지? 발행인은 찾았어?"

"아니, 포기했어. 지긋지긋해졌어. 잡지사에 단편 소설을 계속 내고 싶지만, 바르트 가족이 소송 협박을 하는 바람에 사람들이 불신을 해. 나는 계속해서 추문에 휩싸이는 사람인 가봐. 삼 년 뒤에 사람들은 아직도 나의 결점을 봐. 세 사람의 죽음에 대한 책임을 거의 나에게 지우고 있어. 더군다나 나는 스프로케트 의사보다 운이 없지. 왜냐하면 레지나가 떠났거든. 미래로 날 끌어올리기 위해 단지 현실에 기반을 두었을 뿐인데. 나는 등장인물들을 재설정했어. 장소들, 상황들과 특히 이 이야기에서 몽환적인 시선을 발전시켰어. 레지나가 이처럼 명백한 사실을 이해하지 못한다는 게 놀라워. 더군다나 내 단편소설에서 나는 바르트가 외동 아들임을 외쳤고, 이를테면 내가 주의를 했다는 거지! 그들의 설정을 위해 나는 할 만큼 다 했어. 그녀와 그의 오빠 막심을. 추하고 타락의 구렁텅이에 빠지는 것도 손수 감수했지. 낙오자와 무기력하고 우유부단한 존재의 선을 내가 직접 그려넣었어. 나는 이 단편을 내 혈기로 썼어. 사람들 앞에 서는 모든 위험을 감수하고 타격받을 가슴을 드러내 놓으면서. 심판자가 날 소환했을 때 나는 시작품과 진실 사이에 그리고 나의 글과 그날 저녁 다리 위에서 실제 일어났던 사실 사이에 차이점을 설명하는데 부단한 어려움을 겪었어."

"네가 어른이 된 후로 내가 네 인생에 참견을 전혀 안 했는데, 윌리암, 솔직히 말해 그 이야기는 별로 읽고 싶지 않았을 거야. 네 어머니는 너의 재능을 나보다 더 높이 평가해. 보다시피 나는 취미가 좀 수수한 편이지. 내 어렸을

적에는 연재 연애소설을 이미 산더미처럼 읽었어. 공상과
학소설보다 더 신선한 듯이 느껴졌었지. 몇 가지 세부 사
항만 제외하면 항상 같은 이야기. 망치로 못을 치는 것과
같았지. 습관적으로 반복되는 걸 난 좋아해."

이날 오후, 에르빈과 윌리암이 모래사장 위에서 거드름
피우며 대화를 할 동안 한 남자가 그들을 관찰하기 위해
룽고마르에서부터 다가왔다. 기질적으로 과격한 그는 우
선 침묵을 지켰지만, 결국에는 참지 못하고 어쩌면 그가
들은 말들이 혹은 수평선으로 넘어가는 태양이 제 자신을
일깨웠던 슬픈 무성음을 흩뜨리기 위해 기어이 대화에 끼
어들었다.

"어때요, 젊은이들! 제 무례함을 용서하시길, 사랑과 감
정에 관해 얘기하는 걸 들었습니다. 그리고 제 자랑은 아
니지만, 그 주제에 관한 몇 가지 깨달음을 제가 가지고 있
지요. 당신들의 친구 로키아 앞에서 사랑을 운운한다는
건, 생선 가게 앞에서 대구를 논하는 것과 같다고 볼 수 있
습니다. 어쩌면 제 전문이죠 (그는 지금껏 인사한 적이 없었
던 윌리암 쪽으로 고개를 돌렸다). 저는 당신들이 인텔리들
인 줄 알았지 뭐요, 신사분들... 당신이 나의 친구 에르빈
의 아들이군요, 그렇죠? 저도 공부를 좀 하고 싶었고 자연

이 내게 필요한 능력을 마련해 준 것 같았지만 존재의 이상적인 삶의 법칙이 나를 가로막았죠. 그래도 결국엔 역장까지 되었습니다. 사회에서 저의 직업이었습죠. *엄격한 것이 법이지만, 그것이 바로 법이다!* 하여튼, 저는 학생들에 대해 본능적으로 친밀감을 간직하고 있었어요(그는 윌리암에게 열성적인, 거의 고통스러울 정도의 면모를 내비쳤다). 자, 예를 들어 하루는 제가 일하던 마을에서 신입생 환영식이 있었는데, 사실 목적은 신입들 풀기, 그들의 창창한 앞날에 방해만 될 뿐인 소심함을 걷어내려고 했던 거예요. 그러기 위해 그들에게 입문시험 같은 걸 치루게 했는데(이때 로키아 씨가 잠시 멈추었고 자신의 대화자들에게 의기양양한 시선을 던졌다), 그들 중에 두 명이 젤라틴처럼 떨면서 '나는 얼간이 역장'이라 쓴 종이에 서명을 받으러 내 사무실로 날 찾아왔다고 한번 생각을 해 보세요. 그래서 나는 기꺼이 받아들였고 사무도장까지 옆에 떡하니 찍어 주었죠! 그들이 얼마나 좋아했고 안심했는지 당신들이 봤다면! 보세요, 저는 항상 미혼이었기에 사는 데 돈이 얼마 들지 않았습니다. 하지만 전 식자들을 항상 좋아했다고 말씀드리고 싶네요. 그래서 당신이 신문에 글을 연재한다는 소릴 들었을 때 즉시 경의를 표하고 싶었어요. 당신이 조리있게 말한 것처럼 대부분의 사람들은 일단계에서 멈추고 그것이야말로 비통한 일이죠. 그들은 예술이 어디서 시작하는지 삶이 어디서 끝나는지를 몰라요. 그 점에 관해 당신의 양심의 가책은 영광스럽겠지만 죽어가는 사람에게는 당신이 스스로 잘못된 고민을 하고 있다는 걸 단정짓게 합니다. 당신이 말한 세 사람의 죽음에 대해 당신은 아무런 책임이 없습니다. 정반대로, 당신은 오히려 그들에게 일종에 불멸을 선사했지요. 그리고 만약에 이 여자, 지나 맞지요? 그녀가 당신을 떠났다면 후회하지 마세요. 왜냐면 당신에게 어울리지 않는 사람이었고 존재의 시적 규모를 어긴 결과로 당신을 불행하게 만들었을 것입니다. 사람들은 가끔씩 저를 만만하고 천한 사람으로 여기지만 이런 것들을 제가 이해하고 있지요... 장식없이 또 차갑게, 단도직입적으로 말해서 죄송합니다만, 저와 같은 상황에 놓인 경우 신중한 웅변과 지나친 조심까지 해가면서 더 이상 시간을 낭비하고 싶진 않답니다. 우리는 인생의 놀라운 가치를 잘 압니다. 우리가 우리 각자의 생각들을 이끌어야 했고 성이나 성곽의 돌을 옮겨놓는 행위를 바치는 이 첫번째 진실을 잊게하는 착각과 환상을 할 지라도 그 가치란 우리를 무덤의 요람으로 데려가는 곧고 험난한 길이죠. 우리, 즉

나의 친구 에르빈과 저는 당신에게 단도직입적으로 신랄
하게 말합니다. 왜냐하면 당신은 앞날이 창창한 젊은이니
까요. 그리고 우리에게도 오래 전 그와 같은 시절이 있었
습니다만, 우리가 꿈나라를 지난 후 실패로 상상도 할 수
없는 이런 지옥에 살기 시작한 이래로 완전히 쓸데없는 어
떤 향수에 젖어 지금은 백미러로 지켜볼 수밖에 없는 한때
보석처럼 빛났던 이 미래가 우리에게도 있었거든요. 유령
기차를 탄 우릴 봐요. 괜찮다면 그래서 이 역장에 비유를
든거죠! 우리는 비탄을 짓누르고 당신에게 신이나서 인사
합니다. 그리고 출발하기 직전에 이 바다일광요법 요양병
원에서 사람들이 말하길, 뼈를 튼튼히 하는 더 모질고 몹
시 뜨거운 빛, 그 모든 것들에 대한 부동의 사후의 빛을 당
신에게 던지길 원합니다. 그리고 만약에 당신이 어둠 속
으로 숨을 결심을 한다면 인생은 밀물이나 풍요의 뿔도 마
찬가지로 제 자신의 보물을 쏟아부으며 귀퉁이 속 당신을
숨막히게 하려고 반드시 다가올 날이 있을 겁니다. 겁쟁
이들에게도 마찬가지로.

네가 나를 부르면 나는 달려간다

원탁은 초록 펠트색 식탁보가 깔려있었다. 위에서 내려다보면 더러운 마분지 끄트머리들과 돈다발들을 주무르며 연기로 가득찬 긴 밤을 지세는 포커판을 여기 차려놓았다 믿었을 것이다. 하지만 니콜라와 에프라임은 담배를 피지 않았고 도박은 물론 일반적인 모든 게임들도 사절이었다. 브론슨은 가장 감칠맛 나는 제일 귀한 약주를 그들에게 권했으나 아무런 소용이 없었다. 어둡고 버려진 이 주택에 첫 방문을 하고 난 몇 주 후부터 메신저들은 그의 초대에 놀라는 기색을 보이지 않았다. 마을에서는 게다가 많은 사람들이 서로 몰래 그들을 초대했고 이제는 교회로 사용하도록 무역항에 있는 용도변경한 창고를 빌려준다는 뒷소문도 돌았다.

마틸드는 물을 따르거나 사과 혹은 살구를 권하기 위해

가끔씩 일어섰다. 니콜라는 미소로 고마움을 전했지만 어쩌면 대화의 리듬을 끊지 않고 그녀가 옆에 가만히 앉아서 이야기 듣기를 더 원했을런지 모른다. 브론슨 그도 조금은 긴장을 했다. 며칠 전에 딸에게 조만간 기회가 되면 선교사들을 초대하자는 암시를 주었던 것이 바로 그였다. "그래도 그 사람들에게 서류는 되돌려줘야지. 그리고 넌 힘이 없어. 말하자면 윤리적인 교육이 필요해. 그들과는 그런 걸 함께 얘기할 수 있잖아. 넌 악하진 않지만, 선악 사이의 구별을 제대로 할 줄 몰라. 그리고 그건 인생에서 큰 장애지."

그가 잠시 침묵을 지킨 뒤에 덧붙였다.

"너를 이끌어 주려고 내가 항상 곁에 있어 줄 수도 없고 미래는 준비해야지. 네 가련한 어미는 너에게 늘 종교적인 교육을 시키길 바랐었지만 시간이 충분치 않았어. 나는 또 정비소와 온갖 골칫거리들 때문에 너를 미사에 데려갈 시간이 없었고. 그렇지만 나는 네 나이 때 교회에 다녔고, 어떻든 가끔씩은, 놀랬지, 어! 당연히 나중에는 허튼짓도 많이 했지만, 서글픈 성인이 되느니 차라리 죄인이 되는 편이 더 낫다는 말도 있잖아. 내가 어림잡아 편법을 기억나는 데로 예를 드는 거야. 왜냐면 지금은 전부 오래전 일이라서."

그들은 이날 저녁, 누군가를 초대한지 아주 오래된 먼지 쌓인 거실 안에서 넷이 서로 다시 만났다. 브론슨은 자신의 부인이 오래전에 이 식탁에 둘러앉아 심령술 판을 벌였던 것이 갑자기 기억났다. 그녀는 어느 목요일 오후에 기름진 머리칼에 굉장히 두꺼운 안경을 낀 젊은 여자가 무당하는 놀라운 일에 홀린 몇몇 이웃들과 모였었다. 브론슨은 그런 것에 혐오감을 가졌었지만, 유일하게 그녀만이 잠긴 덧창 뒤에 최근 사망한 스크린 스타들의 넋을 달랠 줄 알았다. 그 당시에 그는 정비소에서 일하는 동안 어둠 속에서 근시의 다급하게 속삭이는 목소리와 광채 아래 원형을 그리는 손들을 생각했었다. 그렇지만 저녁에 퇴근하고 돌아와서는 그의 부인에게 아무런 비난을 하지 않았다. 판이 어떻게 돌아갔는지 조심스러운 질문을 던지는 것으로 만족했고, 몽고메리 크리프트의 사후의 고백을 생각하면서 부엌에서 혼자 밥을 먹었다. 이후에 그는 마틸드의 장애가 그들의 이런 열광적이고 이상한 시간들에서 기인한 것인가를 자주 생각했었다. 그의 딸이 태어났고 불건전한 분위기 속에서 자라나기 시작했다. 그는 선교사들에게 이런 것을 갑자기 얘기하고 싶었으나 시간적인 여유가 나지 않았다. 아니, 정반대로 그것은 좋은 생각이 아니었다. 어떤 패들은 덮어 두어야만 했다.

"제가 당신들을 부르자고 마틸드에게 말했습니다, 로 그가 시작했다. 왜냐면 전 당신들이 진지한 사람들이라는 데 확신이 들었기 때문이죠. 당신들도 아시다시피 저는 사업을 하고요, 이쪽 분야에서 일하다 보면 경계심이 많아집니다. 그것은 습관이지요. 제가 당신들을 처음 만났을 때 저는 겉모습만 보고 사람을 판단해서는 안 된다고 하듯이 지나친 과장도 하지 말아야겠다고 생각했었죠. 저는 기다리고 관찰할 결심을 했지만, 마을 사람들 모두가 당신들에 대해 좋은 말을 했고 추문도 수상적은 말도 아무것도 없었죠. 그래서 저는 당신들과 종교에 관해 얘기를 조금 나누고 싶었습니다. 특히 온갖 종류의 유혹으로부터 위협받았던 마틸드 때문에요."

"경험을 말씀하시는 것 같습니다."

라고 그의 손을 응시하던 니콜라가 말을 가로막았다.

"그냥 뭐, 저는 다른 모든 젊은이들처럼 멍청했었죠. 인생을 배우겠다는 목적으로 가끔 엉뚱한 짓도 했지만 끔찍스런 짓은 아무것도 안 했어요. 친구들과 악의없이 장난을 좀 쳤고, 그런것이 금지된 사항은 아니잖아요? 게다가, 브론슨이 거칠게 덧붙였다. 성서에서도 결혼식과 피로연이 나오듯이, 그래 봤자 기껏해야 포도주 마시는 게 다였죠. 그 시절에 벌써 우리는 사람들을 비웃는 걸 좋아했어요."

"성서를 다시 한번 읽어 보세요. 그러면 예수는 결코 웃지 않았다는 것을 확인하실 겁니다."

"아 그렇습니까?... 확실해요?... 그럼, 제가 다시 읽어 보죠. 하지만 전혀 그럴 것 같지 않은데..."

"비웃음과 웃음 사이에는 근본적으로 차이점이 있어요. 미소는 절대로 기름지거나 천박하지 않고 그것은 비굴하지 않아요. 우리는 너털웃음을 웃거나 웃음보를 터트릴 수 있고 눈물을 흘리며 웃기도 하지만, 결코 웃음은 신중과 겸손을 위배하지 않습니다. 그것은 고상하고 솔찍하게 말하려는 진실과도 같은 것이지요."

"으음... 당신이 어쩌면 옳을지 몰라요. 제가 그런 방식으로 질문을 생각하지 않았군요. 하지만 마틸드에 관해 다시 언급하자면, 당신들이 맡아주면 좋을 것 같아요. – 영적인 문제 말이에요. 그 나이에는 테를 두르고 지도되는 것이, 진짜 성직자의 말을 듣는 게 필요하죠. 종교적인 교육은 제가 맡고 싶었으나 홀아비에 더군다나 회사 사장인 경우 힘든 문제지요. 늘 시간에 쫓기고 운동하던 것도 그만 됐습니다. 저기, 저는 복싱을 좋아했지만 회식때문에 복부근육이 사라졌지 뭐요. 그리고..."

브론슨은 너무 말을 많이 하는 것은 그에게 별 도움이 되지 않음을 간파했다. 심지어 에프라임의 침묵이 그를 불편하게 했고 마치 그를 웃음거리로 만들고 숨어서 귀를 접는 사람으로 의심이라도 하듯 걱정스러운 눈초리를 던졌다. "당신 동료는 말수가 상당히 적군요, 그가 다시 말을 이었다. 선생님은 혹시 외국인이십니까?"

"서로 각자의 개성에 따라 교회에 쓰임이 되지요. 에프라임 형제는 은총으로 투철한 분별력을 소유하고 있고 펼쳐 놓은 책처럼 마음들과 영혼들의 속을 읽지요. 어떠한 생각도, 어떠한 도덕적인 행동도 그에게는 비밀로 남지 않습니다. 그의 참석이 저에게는 필수입니다. 제가 임무를 행할 때 여러번 사람들이 걸어 놓은 함정을 알아채도록 저를 도왔습니다. 누구나 제 형제의 수호자입니다. 그리고 확실히 사람은 혼자가 되는 것은 좋지 않지요. 왜냐하면 만약에 그가 넘어진다면 누가 그를 다시 일으켜 세우겠습니까? ('아 그렇죠, 그렇고 말고요', 사로잡힌 브론슨이 중얼거렸다) 에프라임 형제는 고해 성사의 내면성 안에서만 자신을 표현하고 공적인 자리에서 말하는 것이 그의 과제는 아닙니다. 그러나 선생님께서 말씀하신 주제로 다시 돌아가면 저희는 당연히 따님을 교회에 받아들이는 것을 크나큰 기쁨으로 생각합니다. 그렇기는 하지만 이 첫걸음에 본인께서 직접 따님을 동반해 주시기를 바랍니다. 가족이란 저희 눈에 신성한 것이고 그것의 일관성은 결코 문제화되어선 안 되기 때문입니다."

"그거 아세요, 바꾸거나 새로운 종교로 내던지는 건 더이상 제 나이대는 할 수가 없지요."

"반대로 개종이 필요한 건 특히 귀하의 연세입니다. 우리는 날짜도 시간도 알지 못하지만 당신이 확률적으로 따님보다 죽음에 훨씬 더 가깝습니다. 그래서 방문을 준비하셔야 되는 건 선생님이 우선입니다. 영원히 눈을 감으시기 전에 결국 눈을 뜨는 것이야말로 핵심입니다."

브론슨은 이 설교를 들으며 공포심을 느꼈다. 그는 이제 너무 복잡하고 까다로운 부분에 속박되었다고 생각했다. 반면에 니콜라의 얼굴은 절대적인 고요에 머물러 있었고 누가 봤으면 살과 피로 만들어지지 않았다고 믿었을 것이다.

"들어보세요. 제가 이해가 잘 안 되서 그러는데, 브론슨이 결국 단언했다. 저는 단순한 사람이에요. 타락한 세상에서 외동딸의 윤리성을 걱정하는 한 가정의 자장으로서 당신들에게 완전히 순수하게 말을 건넸구요, 당신은 거의 제가 굴림돌 끄트머리에 도착했고 지옥에서 마치 기다리 기라도 하는 것처럼 말씀하시네요. 저는 그럼에도 불구하 고 끔찍스러운 짓은 안 했어요. 청구서도 마찬가지로 더도 덜도 아닌 직업상 통상적인 관례를 늘상 따릅니다요. 그래 서 만약에 제가 비열한 작자라면 모든 자동차 정비공장 주 인들이 다 그렇다는 것이고 저와 함께 뜨거운 기름 속에서 끝이 나야겠네요. 모든 동업조합이 천벌에 처할 처지라는 건데, 그건 예사로운 일이 아니군요! 그렇지만 일단, 저는 철인 같은 건강에 진짜로 튼튼하고 아직도 일세기는 거뜬 히 버틸 수 있을 것 같은데 어쩌죠! 차라리 병든 제 동업 자한테나 이 모든 걸 이야기해 보쇼."

"우리가 갈 것입니다, 그것은 염려마십시요. 하지만 귀 하는 우리 모두가 언젠가는 버려야 할 도구일 뿐인 육체 의 중요성을 너무 많이 강조하시는군요. 이야말로 우리가 반드시 준비해야 할 과도기라는 것을 말해줍니다. 당신이 대성당의 뾰족탑과 시청탑 사이에 팽팽하게 놓인 동아줄 위를 걷는다는 상상을 해 보십시오. 매순간 당신은 균형 을 잡기위해 정신을 차려야 하고 각각의 근육들과 모든 생각들을 제어해야 합니다. 왜냐하면 사방에서 허공이 당신을 부르기 때문입니다. 그것이 인간이 사는 조건이지요. 끊임없는 추락의 위협. 극소수만이 건너기와 목적 달성에 성공하구요, 대부분의 사람들은 첫걸음을 떼자마자 바닥으로 짓눌립니다. 타락의 길은 넓고 쉽습니다. 구원의 것은 좁고 가파르지요."

처음부터 신중하게 듣고 있었던 마틸드가 다급한 목소리로 개입한다.

"그러면 당신들이 밧줄 위를 걷는 걸 저에게 가르쳐 주시는 거에요? 당신들 교회에서 그런 걸 가르친다고요?"

"그래, 마틸드, 니콜라가 웃으면서 대답했다. 그냥 '교회'라고 해. '당신들 교회'가 아니라. 우리는 천국을 가득 채우는 자, 나머지 작은 사람들을 교육시키는 소명을 가졌어. 너는 우리 사람이고 우리는 너의 마음을 알고 설익은 지난해 동안 네가 길 잃은 적이 없다는 걸 잘 알고 있어. 너는 많은 걸 희망해도 돼. 왜냐하면 천복들을, 그리고 어쩌면 너만이 술꾼들과 신성을 모독하는 사람들의 이 마을에서 유일하게 천복을 말할 수 있기 때문이야."

"그건 그래요, 브론슨이 금방 찬성했다. 그녀를 키우기가 참 힘들었지요. 하지만 대체로 헛고생한 건 아니었어요.

아이들은 당신을 소모시키지만 적어도 바른 길로 들어서
는 걸 보면서 보람을 느끼죠. "

"그것은 또 왜냐하면 당신의 인생을 가지런히 놓아야만
했던 따님으로부터 깊은 영향을 받으셨기도 했기 때문입
니다. 다음주 일요일 예배에 두 분이 함께 오시지 않으시
겠어요? 그리고 나서 에프라임 형제가 당신들의 과거를
결정적으로 정화하도록 도움주기 위해 사적으로 모실 수
있습니다."

이 말에 에프라임 형제가 브론슨과 그의 딸을 향해 거무
스름한 이를 드러내며 넓은 미소를 지어 보였다.

"흠, 네, 다음 미사 때에 한번 훑어볼 수는 있을 겁니다.
손해 볼 일은 아니지요. 하지만 그 외에는 제가 제 과거를
기억해 내는 어려움이 따를 것 같습니다. 있는 그대로 그
냥 내버려두는 게 훨 낫지 않을런지요."

"그것이 나쁘기 때문에 기억하기 싫으신 겁니다. 만약에
우리 연구모임에 참석하신다면 완전히 내면으로 돌아간
경험을 한 많은 선생님 세대 분들을 만나시게 됩니다. 물
론 그래도 다가올 인생에서 속죄를 해야겠지만 시련과 회
개의 시간들은 가벼워질 것입니다. 당신은 죽고 다시 태
어나야 합니다. 말하자면 진정한 세례의 기쁨에 이르는 것

그리고 그건 과오들의 심각성과 죄의식의 무게감에 대한 완전한 자각을 갖는 것으로 가능합니다. 선생님 내면의 노인을 반드시 죽여야 합니다."

브론슨이 토론의 종지부를 찍었다. 그는 그것이 짓누르는 니콜라의 말 때문인지 지정된 양심의 지도자, 에프라임의 침묵의 미소 때문인지 알지 못한 채 더럽고 슬픈 기분을 느꼈다.

"좋습니다, 딸의 어깨에 손을 올리며 그가 말한다. 일요일 당신들 미팅에 우리가 참석하겠습니다. 마틸드 괜찮지?

"왜 안 되겠어요. 직접 보면 신기할 것 같아요."

주눅이 든 젊은 여자가 대답했다.

"그렇게 합시다! 그때까지 동네에 전도하러 다니는 길에 언제든지 우리 집에 들르세요. 마틸드는 밖에 자주 나가지 않습니다. 그녀가 당신들을 맞이하려고 항상 여기에 있을 겁니다."

그가 두 젊은이들을 보도까지 배웅했다. 그들은 자신들의 자전거에 올라타고 뻣뻣하고 검은 옷 속에 움츠러져 정말이지 위풍당당한 모습은 아니었다. 그들의 병적인 망상이 자주 만나 어울리기엔 힘들어 보였지만 모두가 각자의 단점은 있는 법. 적어도 그들은 술집과 여자들과 경마장 출입은 하지 않을 것이었다. 결정적으로 마틸드가 불평은 늘어놓지 않을 거라 브론슨은 확신했다. 그들이 떠나려 하자 자동차 정비공장 주인이 니콜라에게 다가갔다.

"그래도 말씀이 좀 지나쳤어요, 그가 비난조로 말한다. 무능한 놈을 쓰려고 주님이 나를 못된 놈으로 본다는 게 믿어지지가 않네요."

"사랑받아 마땅한지 증오받아 마땅한지는 아무도 알 수 없습니다. 일요일에 뵙겠습니다."

그들이 천천히 멀어져 갔다. 그들의 자전거 사슬이 삐걱거렸다.

'자전거에 기름칠 좀 해야 겠네, 브론슨이 생각했다. 게다가 저들은 기계식이라곤 아무것도 이해를 못하는구먼.'

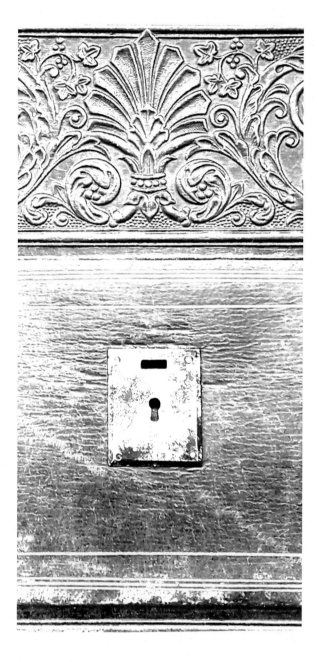

겸손한 짐승

늙은이는 며칠 만에 죽었다. 간호사가 아침간병 시간에 생각에 잠긴 극도로 쇠약한 평소의 자세 그대로 그를 발견했다. 대답도 기대하지 않고 그에게 말을 거는 동안 그녀의 전문가적 본능이 방안의 분위기가 조심스럽게 바뀐 것을 알아차렸다. 그녀가 늙은이에게 다가갔고 손목을 만졌다.

"어머나, 건너갔네."

정확하게 알아맞힌 것에 만족한 그녀가 말했다.

그녀는 링거를 떼어냈고 부드럽고도 적격인 움직임으로 침대에서 몸을 들어올렸고 도움을 받으려고 동료 두 사람을 불렀다. 칸막이가 방의 사분에 일 북서쪽을 갈라 놓았다. 그리고 젊은 의사가 간호사에게 낮은 목소리로 불필요한 지시를 내리면서 법적 검증을 하러왔다. 순식간에 오

싹해진 에르빈과 로키아 씨와 외국인이 좁은 통로로 산책 보내졌다. 유용한 모든 몸짓들이 꾀바른 솜씨와 능수능란한 정확성으로 실행되었다. 그리고 삼십 분쯤 뒤에 세 사람이 그들의 방으로 되돌아올 수 있었을 때, 허접할배는 깨끗하게 감추어졌고 그의 변변찮은 소지품들은 플라스틱 주머니 속에 밀봉되어 있었다.

"시신이 송환되고 꽃도 화관도 없이 초라한 가격일지라도 장례식을 준비할 거라 믿으세요? 로키아 씨가 두 동반자들에게 물었다. 냉혹한 독신으로 허접 할배만큼이나 지상에서 혼자인 나로서는 그것이 궁금하군요. 에르빈, 넌 한 가정의 아버지, 가장이지 않아. 그래서 다른거야. 네 가족과 네 자식들은 네가 죽는 날까지 널 대대적으로 호위할 거라고."

에르빈은 반감을 드러내는 자신의 새 친구의 말을 들었다. 젊은 외국인도 깊이를 알 수 없는 슬픈 시선을 바닥으로 떨구고 무슨 이야기를 하는지 이해하는 듯했다. 그의 정신상태는 나날이 악화되었고 규칙적으로 받아온 소포 꾸러미도 더이상 거의 건드리지 않았다. 그는 자신에 대한 로키아 씨의 반감을 느꼈고 이런 발견이 그를 낙담하게 만들었다. 수줍은 투영, 급기야 그는 자신을 성가시게

하는 사람과 혼자 남는 걸 피하려고 에르빈이 어디를 가든 멀리서 그의 뒤를 쫓았다.

"너는 적어도, 그를 돌아보면서 이번에는 이쪽에서 말을 꺼냈다. 분명하지, 왜냐면 네 가족은 에이스 패 잔뜩 가진 것 같은데 병원서 청구서 환불 대신 납으로 봉한 궤짝에 넣어다가 널 거기로 돌려 보낼 테니."

"저이 좀 가만히 내버려 뒤, 에르빈이 개입했다. 그도 이렇게 충분히 스트레스를 받았어."

"네 말이 옳아. 하지만 나는 항상 친구들을 걱정하지. 나도 어쩔 수 없어. 단걸 게걸스레 먹는 바람에 우릴 당뇨병에 걸리게 할 거야. 그건 참 유감스런 일이지. 게다가 제는 살구쨈으로 꼭 화장한 것 같다니까, 어! 어! 어!... 나도 알아, 에르빈. 내가 너무 저속하게 구는 거. 하지만 여기는 정말로 낙천가, 인생의 친구가 부족해. 허접 할배를 대신할 괜찮은 신입이 들어오길 바래야지."

그의 악의에 찬 신비로운 천성 때문에 에르빈은 관에서 아니, 전 단지에 걸쳐 특별한 지위를 갖는 덕을 보았다. 오후가 끝나갈 무렵 브리짓이 일상적으로 나타났을 때, 그녀는 우유부단한 아우라와 같은 남편 주변을 떠도는 듯한 느낌을 받았다. 그리고 많은 직원들, 간호 보조사 팀 혹은 단순 체류자들은 병에 관한 특이한 예술 속 스승의 부인으로서 그녀에게 인사를 건넸다. 가끔씩 내과의료 책임장이 자신이 가장 좋아하는 환자들을 방문하러 몇몇 동료들을 초대했다. 침대 둘레로 무리지어 유일한 표본 앞에서 경탄한 우표 수집가의 낯빛을 하고서는 기술적인 이야기를 나누었다.

"가장 놀라운 건 말이죠, 그들의 안내인이 강조했다. 장액분비액의 지속적인 이 프로덕션입니다. 우리가 규칙적으로 자주 물을 빼주지만 끝까지는 다 못 빼냅니다. 다나이드 통이지만, 역행이죠!"

"환자는 아직도 통증이 없습니까?"

사실상 에르빈의 얼굴과 상반신은 점점더 부풀었고 마치 거센 추위에 제압된냥 피부는 군데군데 터진 자국이 보였다.

"저는 허물벗기가 준비된 송충이가 된 느낌이에요, 이런 현상에 대한 자신의 관점을 의사에게 이해시키려고 그가 하루는 이렇게 말했다. 결국, 그것도 하나의 표현 방식이죠. 왜냐면 송충이가 어떤 느낌을 갖을 수 있는지는 제가 당연히 정확히 모르니까요."

브리짓은 격려와 안부와 회복을 빌고 동시에 사인이 필

요한 결재 서류들로 들어찬 파일들을 가져왔다. 그녀가 떠난 뒤에 로키아 씨는 에르빈에게 축하하는 말을 아끼지 않았다.

"내게 필요한 건 말이지, 네 부인처럼 사랑하는 아내야. 하지만 이젠 너무 늦었지. 너무 늦었고 말고! 묘비에 새길 수 있는 건 묘비명이 다야. 나의 결말."

유월 초순, 에르빈은 병동에서 다시 빠져나가기 위해 더운 나절을 틈탔다. 몇 시간을 함께 때우려고 찾아온 로널드에게 그는 사막 같은 이맘때에 가건물과 구조대원의 감시탑과 사람들의 시선을 피해 해변가로 자신을 데려가 달라고 부탁했다. 모든 규칙을 무시하고 로널드는 물가까지 이동식 들것을 밀었다. 앉는 자세가 고통스러워졌을 때 병원 관리소에서 지난 달에 값비싼 이 장치를 에르빈에게 주었다.

"바닷바람이 녹슬게 할거고 모래가 바퀴를 긁겠지."

웃으면서 로널드가 말한다.

"걱정 마, 여긴 내 소관이니까. 윗자리만 골라 잡는 난 일등석 손님이야. 그리고 해수욕 좀 하려고 결심했으니 네가 유일하게 도와줄 수 있어. 바닷물에 들어가는 건 몸에 좋을 거야. 뭔가 변화가 있지 않겠어, 안 그래?"

"이해돼. 그러니까 그럴지도 모르지."

로널드는 자신의 청바지를 최대한 높이 걷어올렸고 그 후에 시트를 걷어냈다. 그의 아버지는 환자복 안에 수영복을 입었다. 그들은 둘 다 웃었다.

"정말이지 미리 준비를 다 했다니까!"

겉모습에도 불구하고 에르빈의 몸은 바다일광요법 요양병원에 들어온 뒤로 확실히 가벼워졌다. 로널드가 그를 무한한 조심성으로 일으켰고 온도가 아직 찬 회색물로 천천히 데려갔다. 수면 아래서 수북하고 부드럽게 넘실거리는 미역줄기들이 흔들거렸다. 로널드가 자신의 키에 이르는 깊이까지 나아갔다. 그는 아버지의 어깨와 허벅지를 떠받치며 그가 수영하도록 시도했다. 하지만 그의 팔은 쇠약했고 물살의 힘이 균형을 잃게 만들었다.

"긴장이 풀린 느낌이 들어?" 그가 물었다.

"아니, 그정도는 아니야."

"그래도 나는 꽤 힘든데."

"마침, 마침... 내가 하도록 잡지 말아 봐, 겁먹지 말고, 나는 공기로 가득 찬 풍선이나 마찬가지야. 네가 원하면 내 옆에 있어도 되지만, 나를 파도에 한번 맡겨봐... 봤지, 저절로 뜨잖아, 힘들이지 않고."

에르빈은 팔을 펼쳤고 완전히 움직이지 않고 몇 분간을 물살에 내버려 두었다. 하늘에서는 갈매기들과 구름들이 그의 고정된 시선 앞에서 미끄러지듯 움직였다. 그는 파랑의 소리의 리듬을 느꼈고 그것의 용출 그리고 나서 점점 더 드문 사람들의 소음의 소실 – 항만의 반대쪽 해변에서 뛰노는 아이들의 외침, 어머니의 부름, 룽고마르에서 오토바이의 구르릉거림 – 을 잊혀진 연안에서 여름이 오기 전에 들을 수 있었다. 주로는 바닷물이 그의 고막에까지 이르렀고 더 낮은 주파수로 놓았던 인생 전체의 귀머거리의 충격의 메아리를 전달했다. 아들이 그의 주변에서 작은 개구리 헤엄을 치는 동안 그는 원해를 향해 부드럽게 떠밀려 가도록 제 자신을 내버려 두었다.

"거봐, 나는 단지 환경을 바꾸는 중이야. 그래서 내가 바닷물 한 가운데에 있는 거지. 어쩌면 이미 아가미가 자라고 있을런지 몰라. 바다 괴물로 변하는 중일지도, 돌연변이들 중에 첫째로."

"응, 계절에 비해 바닷물은 꽤 괜찮네, 로널드가 듣지도 않고 불쑥 말했다. 마을에서 이걸 알았다면 해변이 세상 까맣게 됐을 걸."

그는 조금 빨리 말했다. 왜냐하면 대서양에서 결국 빠져

나왔을 때는 모든 털들이 비죽비죽 솟았기 때문이다. 그는 자신의 아버지를 휠체어로 끌어 올리면서 무진 애를 먹었고 도움을 요청할 뻔했으며 곤궁으로 아우성쳤다. 에르빈은 자신의 옆구리가 휠체어의 철골에 세게 부딪혔을 때 신음하는 소릴 냈다. 그는 내적 파탄의 선명한 자각을 느꼈지만 자신의 고통과 화를 차차 누그리뜨리기에 이르렀다.

그들은 육지 구역의 통행을 표시하는 지저분하고 말라붙은 거품의 선을 넘었다. 로널드는 가쁜 숨을 돌렸고 농담이 하고 싶어졌다.

"우리가 해수욕하러 갔다는 걸 그들이 알면 시비를 걸 것 같아?"

"네가 치졸한 자의 아들이라 어쩌면 골칫거리가 생길 거야, 에르빈이 웃었다. 나는 그래서 뭣이든 권리가 있어. 단지 내게서 나 스스로만 잘 보호하면 돼. 짐승이 나이를 먹었고 이젠 먹어야 될 때야!"

모래 위에서 바퀴의 부드럽게 미끄러지는 소리만 들릴 동안 로널드는 잠시 입을 다물었다. 그 뒤 말을 이었다.

"내가 여기 온 이래로, 몇 주 전에 있었던 약간은 기묘한 사건을 언제 말할지 늘 생각했었어. 하지만 아버지가 화를 낼까봐 걱정이 돼. 그렇지만 상황을 봐서는 알아야 될 것 같은 생각이 들어."

"너는 학업을 중단하고 감자튀김 가게를 차리겠다고 했었지?"

"아니... 그건 갑자기 왜 말해?"

어리둥절한 로널드가 물었다.

"왜냐면, 그게 삼 개월 전만 해도 내가 걱정하던 소식이야. 너는 이제 곧 서른이고, 언뜻 보아 넌 사회에서 네가 차지할 자리 걱정에, 내일은 생각지도 않고 그날 벌어 그날을 살아. 이것이 우리를, 네 어머니와 나를 오랫동안 걱정시켰지. 하지만 이제는 그것이 완전히 대단치 않은 일이 되었어."

"흠, 그게 아니라, 어떻게 보면 아무리 모든 게 길어진 학생 생활과 관계 깊다 하더라도, 나의 겸손은 그 누구의 잘못도 아니야. 그냥 단순하게 살고 싶을 뿐이야... 윌리암과 난, 우리 존재들이 틀어박혔던 이 작은 마을에서 거의 수도사처럼 자랐어. 하루는 우리 가족이 외따로 떨어졌고 우리도 사람이라는 걸 이해했지. 이런 감정은 그 이후로도 결코 나를 떠난 적이 없었어. 결국 사업상 동업자일 뿐인 브론슨 씨를 제외하면 아버지도 진짜 친구는 없잖아. 당연히 이 마을에는 별다른 큰 자원이 없긴 하지만 우리가 라스 베가스나 바빌론에 살았다 하더라도 마찬가지였을 거라 확신해. 어렸을 땐 행동이건 지루함이건 주변 환경에 몰두하느라 그리고 가족 아파트가 세상의 전부라고 믿을 때는 이런 생각을 하지 않지. 나는 간단하게 말하려고 애쓰고 아버지의 참을성을 남용하고 싶진 않지만 동시에 여러가지를 말하고 싶고 또 서로 다른 유사한 관점에 있는 내 생각을 읽기를 바래. 일종에 정서적인 밀푀유(수십 장의 얇은 빵이 크림으로 겹겹이 쌓인 케이크)를 주는 거야."

에르빈은 눈살을 찌푸리며 되풀이 되는 말을 들었고 자신이 휠체어에 이렇게 갇힌 것에 답답함을 느꼈다.

"엄밀히 말해 네가 하는 말은 전혀 이해할 수가 없어, 그가 결국 이렇게 내뱉었다. 나는 너무 늙었어, 혹은 네가 너무 영리하거나. 너는 지금 휘발유의 증기와 등쌀에 갉아먹힌 아픈 주유원에게 말하고 있다는 걸 잊지마."

"요약하자면, 나는 대학으로 공부하러 간다고 집을 나서자마자 현실 세계가 거대하다는 걸 발견하기 시작했어. 지금에야 털어놓는 건데 – 시효라는 것이 있어! 처음에는 약간 우연이었지만, 나는 밖에서 사는 버릇이 들었고 그런 이후 미국에서 이 탐험을 계속했어. 하지만 완전히 다른 형태로. 정확히 말해서 내가 아버지의 형을 다시 만난 건

야간 외출을 하기 시작하면서야."

"거스? 아니 너 무슨 소릴 하는 거야?... 만약에 그가 L.시에 살았다면 어떻게 해서든지 내가 알았을 텐데. 나도 일년에 열번 이상은 거길 갔었고 그쪽 납품업자들과 손님들이 얼마나 많은데. 아니야... 그가 벌써 죽지 않았다면 훨씬 더 멀리 떠났을 거야. 우리 십대 때, 내 아버지는 거스가 언젠가는 자살할 거라 자주 말했지. 그는 비록 애꾸눈이었지만 천리안의 재능과 같은 걸 가졌었어. 나는 그의 예언들을 항상 믿었고, 특히 나와 거스에 관한 것은. 예를 들어 그는 내가 인생에서 가치있는 일, 정말로 중요한 건 절대로 못할 거라 예상했었지."

에르빈은 자신의 아들이 그토록 중대한 확언을 가볍게 치부해 고통을 주는 것에 화가 나 자신의 휠체어에서 위험하게 뒤흔들었다.

"그렇지만 나는 그를 봤고 말을 건넸고, 동요되지 않은 채 로널드가 말을 이었다. 얼굴은 아버지가 보여준 사진들에 비해 거의 변하지 않았어. 하지만 그는 온전한 의식상태의 본능으로도 자살을 생각할 것 같지는 않던데."

"그래서 어디서 만났어?"

"하강쪽에 술집 같은 걸 가지고 있어. 마술사, 연예인, 곡

예사 커플... 지역 사람들과 외국 관광버스 몇 대가 즐겨 찾는 저렴한 룸살롱. 내 생각엔 좀 더 나은 대접을 받아도 될 만한 여가수만 빼면. 그녀의 이름은 레지나야. 기억할지 모르겠는데, 윌리암의 친구였어. 그녀의 오빠는 이상한 상황에서 죽었고 아직도 제대로 진상이 밝혀지지 않았어. 그리고 윌리암이 이 이야기에서 영감받은 단편 소설을 발표하자, 어떤이들은 그를 혐의자로 의심했지. 그의 부모는 얼마 후 소위, 그런 일로 시름을 달래다 죽었어. 유일하게 또 다른 형제, 막심이 아직 여기에 살고... 레지나, 그녀는 L.시에서 오페라 서정예술을 공부했고 그리고 나서 룸살롱 가수가 되었지. 내가 미국으로 떠나기 전에 그녀가 나에게 룸살롱 사장이 우리와 같은 성씨라고 말했지만, 아버지 형, 그의 예술적 열정에 관한 얘기를 듣고나서야 비로소 연관성을 지었어. 레지나는 자신의 노래를 직접 작곡해. 만약 그걸 들었다면, 아버진..."

"그녀는 당연히 유명해지려고 돈벌이 하는 거야. 하지만 내가 관심있는 건 거스야. 게다가 그녀와 그녀의 가족 때문에 네 형이 페스트 환자처럼 된 거야. 그 이야긴 그에게 연철낙인을 찍었어. 그가 죽는 날까지 사람들은 삐뚤게 볼 것이고, 이제 막 태어난 꼬맹이들까지도 그를 살인자 취급

할 거야. 나는 레지나와 그녀의 가족에 관한 얘기는 듣기가 싫어. 그들이 소송만 걸지 않았어도 그 모든 사건들은 이미 오래전에 잊혀졌을 거야. 그래, 나는 그 모든 게 다 잊혀졌으면 좋겠어."

그들은 내과 진료실 입구까지 거의 다다랐다. 날은 길었고 더웠으며 태양과 섬들에 그들을 두고 떠난 옛 친구들을 생각하면서 가장 젊은 환자들에게는 잔인하고 우울한 수확의 계절이 다가왔다. 사고가 난 다음날부터 그들은 그들의 동네에서 영웅과 같았으나 여기 저기로 떨어진 모든 이들을 기억하는데 힘이 드는 만큼 방문도 곧 줄어들고 말았다. 이제는 더이상 아무도 그들을 읊지 않을 것이다.

"나는 거스를 한번 보고 싶네. 네 생각엔 그가 나를 만나줄 것 같아?"

"그는 아버지에 대해 전혀 부정적으로 말하지 않았어."

"어찌 되었건 난 더이상 여기에 머물지 않을 거야. 지겨워. 그건 그렇고, 바다에서 수영하게 도와줘서 고마워. 따끔거리고 목마르게 하는 물, 모래, 소금, 좋았어, 전부다."

선술집의 경치

　막심은 자기와 비슷한 학생 한두 명과 함께 오후 한 시쯤에 도착했다. 그는 술꾼들 머리 위를 굽어보는 시선으로 공간을 휩쓸었고, 그가 그렇게 폼이 난 건 사실이다. 두 눈동자는 섬광을 뿌렸고 주로는 굉장히 가벼운 손짓으로 금발 머리카락 타래를 뒤로 잦혔다. 모든 것이 자신의 움직임과 에너지에 대한 확신을 가졌음을 표현했다. 그의 출현은 그렇게 감탄과 슬픔을 자아내게 만들었다.

　친구들과 함께 그는 스탠드바에서 멀리 경마꾼들의 투기와 당구공 부딪히는 소리에서 동떨어진 구석진 테이블에 자릴 잡았다. 그러고는 자기들끼리 어쩌면 책과 세상사의 대화가 찻잔과 커피 잔 주변에서 시작되었다. 쳐다보는 사람에게 색다른 빛을 던지는 막심의 얼굴엔 웃음꽃이 자주 피었다. 가끔씩 그 모든 빛들이 내게 떨어질 때도 있었다.

그래서 대화를 향한 끊임없이 긴장된 그의 가면은 더욱 단단해졌고 그의 입술은 가볍게 말아올려졌었다.

오 년이라는 시간이 우리를 갈라놓았고 당시에 그것은 중요했다. 그는 분명 우리의 많은 차이점들을 생각했을 것이다. 같은 마을 출신이라고 우리는 멀리서도 늘 안면이 있었다. 내가 감히 말하건데, 레지나가 조심스럽게 우리에게 다가온 적이 있었다. 나는 그래서 항구에서 멀지 않은 그들 가족이 사는 하염없이 꾸며진 주택에 자주 갔었다. 완전히 어린 막심과 바르트 그리고 레지나는 똑같이 아름답고 고상한 것에 대한 숭배로 이미 자신들을 제물로 바치고 있었다. 처음으로 그들의 부모를 만났을 땐 놀라서 동작을 완전히 억누르기가 힘들었다. 그들은 어떻게 그 그리스 신들을 차용할 수 있었던 걸까?

얼마 뒤 막심은 가족에게 불행이 불어닥친 몇 달 후, 제 차례가 되어 대학에 들어갔다. 그는 내가 대형자동차 대리점에 판매원으로 취직했다는 소식을 듣게 되었다. 분명 자동차용 라디오와 가죽시트의 동의를 반드시 얻어내야 하는 이런 직업을 업신여겼을 것이다. 다른 많은 사람들은 부러워함에도 불구하고.

점심 때가 되면 친구가 된 동료들이나 손님들 – 혹은 반대이거나 – 과 함께 식전주를 한잔 걸치고 오늘의 메뉴로 점심을 먹으러 갔다. 취향별로 차체 외관을 변형시키는 제조업을 작게 시작했고 내가 중고 자동차를 되팔았던 켐프 형제들과는 거기에서 주로 마주쳤다. 각자가 비형식적인 이 동업에서 알맞은 이익을 내고 있었고, 우리는 영국식 요리 한 접시나 감자퓨레에 소시지를 놓고 둘러앉아 많은 사업을 성사시켰다. 그들은 사실 처남관계일 뿐이지만 진짜 켐프, 야단법석을 떨고 미친듯 활동적이고 손님들과 동업자들의 기억 속에 유일하게 살아남은 이름인 켐프 가족 곁에서 헨리는 아주 작은 비중을 차지했다. 우리는 즐겁고 시끌벅적한 식사자릴 만들었다. 고물차들이나 운동 경기 결과를 말할 땐 목소리 톤이 올라갔는데 그건 피할 수 없는 일이었다. 처음에 막심이 동료들 사이에서도 나를 여전히 알아보았는지는 모르겠다. 학생신분의 젊은이들에게 칼라에 넵킨을 끼우고 넥타이에 정장을 한 어른들의 세계는 미분화된 덩어릴 형성한다. 게다가 우리의 대화는 비속했고 우리 다른 사업가들에게도 그건 마찬가지였다.

"나도 빠르지만, 내 밥벌이는 나보다 더 빨러…"

"망신 아니야."

"게네들은 운전하는 즐거움을 없애고 싶어 한다니까."

"여기 잔 좀 채워주쇼, 사장님."

막심과 그의 친구들이 먼저 자릴 떴다. 그들은 우리들 중에 한 명이 던진 사이렌 소릴 여전히 들었다. '자, 가는 길에 마지막 한 잔 더.'

막심의 시선은 유리창을 낀 출입문으로 고정된 반면 미소는 한층 더 강조되었다. 그는 동네 담배바에서 갑자기 숨이 막히는지 빨리 길로 들어서고 싶은 눈치다.

하루는 막심이 평소대로 들어왔지만 이번엔 혼자였고 낯빛은 침울했다. 그가 침착하게 우리 테이블로 다가왔고 그러는 와중에 우리들 주변으로 침묵의 원이 커져 갔으며 나와 시선도 맞추지 않고 내 컵을 가로채더니 내 면상에다 대고 맥주를 화악 뿌렸다. 그런 뒤에 커피숍의 구석진 자기 자리로 돌아갔다. 켐프는 궁금한 곁눈질을 내게 던졌고 웃으며 고개를 숙였다. 커피숍 사장이 자기 집 맥주는 얼룩이 잘 생기지 않는다고 나를 안심시키며 양복 훔치는 걸 도왔다. 당시에 내가 소란 피우지 않은 것에 그가 고마워할 거라 생각한다. 그래 봤자 무슨 소용이냐? 젊음이란 길들여지지 않고 나는 막심을 원망하지 않는다. 이런 우여곡절도 지금 내겐 거의 이해할 수 없을 정도로 아득히 먼 얘기다. 막스 자신도 오늘에야 비로소 세상살이를 더 명확하게 인식하는 것 같다. 인생이 그에게 부족했던 경험을 가져왔고 그건 또 아주 자연스런 변화다. 우린 항상 같은 바를 같은 시간대에 들락거리고, 그는 이제 우리 테이블에 와 같이 앉게 되었으며 경마에 대해 열성적으로 대화한다. 그가 어쩌면 살이 좀 쪘을진 몰라도 더 자상한 분위길 풍긴다. 우리, 그의 친구들은 근심의 베일에 쌓인 그의 쾌활함을 느낀다. 내 생각엔 자식이 걱정이고 필요한 만큼 월급을 충분히 받지 못하는 게 문제다. 우리 다른 월급쟁이들 혹은 한 가족의 가장의 인생은 어렵다. 정말 미칠 노릇이다. 그는 적어도 안정적인 직장을 가졌음에도 불구하고 그것을 자주 잊어버리는 경향이 있다. 우리는 제 자신의 행복을 결코 알지 못한다.

그는 새 출발을 할 수 있는 경마나 로또로 일획천금을 노린다. 그래서 대학으로 다시 편입해 피아노나 조각을 하고 싶어한다. 그는 우리에게 이런 걸 자주 얘기한다. 언젠가는 가능하리라 그는 확신했다. 우린 그를 잘 이해한다. 훨씬 더 오래전부터 같은 꿈을 쫓는 우리로서는. 그러나 일터로 죽음으로 우릴 밀어넣는 시곗바늘은 계속해서 돌아간다. 그럼 나의 손이 그의 널찍한 등짝을 한 대 친다. "자, 막스, 가는 길에 마지막 한 잔 더.'

익명의 율리시스

그가 시카고로 도주한 이후, 바닷가와 육지에서 조깅을 오랫동안 할 수 있도록 쉽고 지칠 줄 모르는 숨쉬기로 알프레드는 더없는 기력을 되찾았다. 그의 신체적인 골칫거리는 뉴욕 항구에 정박해 둔 배 위에서부터 시작되었다. 그가 지금은 그것을 믿어 의심치 않는다. 그는 이 깨진 금의 정확한 표시를 찾으려고 터무니 없는 녹화 기획을 시작했다. 세심한 감시병으로 텐트 속에서 밤샘을 했던 그는 밤중에 아무것도 놓치지 않으려고 각각의 단어와 각각의 얼굴들을 떠올려 보았다. 여러가지 노력 덕분에 그레그, 미라 그리고 불법 이민자 승객(그리고 얼마만큼 다른 것들과 도살장의 소들까지도!)은 실제로 사라지지 않았다.

정말로 그는 그것들을 살려내기 위해 많은 공을 들였다. 그리고 오늘 저녁에 그가 비로소 긴장을 푸는 것은 응당한 일이다. 라디오를 켰다(하여간 이젠 다른 사람들의 말소리를 들을 차례다!). 그러나 평소에 강한 맛에 적응된 그와 같은 남자에게는 그 어떤 주파수의 채널도 마음에 썩 내키지 않았다. 그는 여러 번 채널을 돌렸고 결국 문학방송에서 멈추었다. 유명한 작가가 자신의 여름별장으로 한 기자를 초대한다. 완고한 대화는 이 기자가 해설과 비유를 내걸 때마다 종종 부조화를 이룬다.

"친애하는 폴 웰러 씨, 당신이 최근에 낸 저서에서는 원대한 상징주의에 경의를 표하시는데…

"절대로 아닙니다. 제 글을 잘못 읽으셨군요."

알프레드는 순간 내면에서 거북함이 올라옴을 느꼈고 이어 어깨를 들썩거렸으며 바둑판 무늬의 노트 한 권을 들입다 쥐었다. 오늘 저녁, 그는 자신의 기록을 정리해야 하고 중요한 질문에 답을 찾아야 한다. 전자 전화번호부로 최근에 젊은 조카, 잘 세워진 가족의 전통에 따라 오랫동안 술독에 빠져 살다가 나중에는 거지가 된 여동생의 외동아들인 조카의 흔적을 찾는 것이 가능해졌다. 알프레드는 규칙에 예외를 두지 않았으나 이러한 봉쇄를 견딜 줄 알았고 거기에서 납득할 만한 자부심을 건졌다. 그는 지하 창고에 있던 스포츠용 가방 속에 카세트 테이프들 한 세트 속에 전체가 곡주의 대하로 흘러가는 이 하강의 기나긴 기록을 주의깊게 들었다.

그에게는 더구나 자신의 보물들의 목록을 작성할 시간이고, 또한 그가 왜 이렇게 조카에게 편지를 쓰는지에 대한 이유이기도 하다. 젊은 청년은 기술자가 되었다. 알프레드는 자신의 가족이 그를 난처하게 하는 것은 아닌지 상당히 의심스럽고 이렇게 하는 것은 또 그의 망설임을 제치고 조카의 호의를 사는 것에 해당한다.

'확실히, 너의 어머니는 비참한 생활에 빠졌지만, 그녀가 젊었을 때엔 아름다운 소녀였단다. 나는 네가 언젠가는 그녀와 같은 여자를 만나기를 바란다.'

그는 펜 뚜껑을 질겅질겅 씹었고 간부 인생을 시작하는 젊은이의 정신 세계에 들어가는 것이 걱정스러웠다.

'우리를 너무 빨리 판단하지 말거라. 내가 험담을 지나치게 많이 늘어놓았겠지만, 그 누구도 나를 쓰러뜨릴 수는 없었어. 그리고 네가 나와 같은 유전자를 가졌다는 걸 기뻐해야 할 거야. 내가 지나온 길을 누군가가 똑같이 지나갔다면 몇 가지 결점이야 생기기 마련이지.'

무엇보다도 자신의 기억과 문서를 통한 거대한 노력을 조카에게 들이는 편이 훨씬 나았다. 컴퓨터 공학자로서 그는 카세트들과 노트들에 적힌 내용물을 외장하드에 쉽게 옮길 수 있을 것이고, 적어도 쾌활하고 유머감각이 있던 선량하고 부지런한 삼촌으로부터 쌓아 올려진 귀한 유산을 그렇게 저장할 수 있을 것이다.

'너의 가족(우리 가족)은 분명 술에 문제가 있지만, 가족 중에 어느 누구도 헤로인이나 다른 화학물질에 중독되진 않았어. 강인한 상식과 타고난 건강이 우리를 그 모든 공포에서 멀리 떨어뜨려 놓았지. 그 점에 관해서 나는 세상에서 유일할 것 같은 녹취록 속에 우리의 고통스러운 역사를 간략히 회상하려는 시도를 했어.'

라디오에서 주인공들은 철학적인 질문에 이르렀다.

"당신의 신작을 보면, 전통 기독교 문학의 소리를 상당히 크게 내고 싶어 하신 것 같습니다."

"그쪽으로 표현된 인물이 그 중에 있을 뿐입니다. 인물의 분석이 내 것이라고 반드시 말할 수는 없지요."

'그렇지만 나는 최근에 종교에 관심을 갖기 시작했어. 거의 네 또래의 두 젊은 사제들과 꾸준히 만나고 있지. 아주 흥미로워. 나는 뉘우치고 있는 중이고 만약에 네가 나를 볼 수 있다면 내 식탁을 절대로 떠나지 않는 십자가 앞에서 내가 지금 너에게 편지 쓰고 있다는 걸 보게 될거야.'

알프레드는 망설인다. 너무 과장한 것은 아닌지 걱정이 되고 게다가 자신의 조카에 대한 종교적인 견해가 어떠한지도 모른다. 이러저러한 이유로 그가 봤을 때 기술자라면 성스러운 의식을 가져야 될 듯 싶지만 그 또한 크게 확신은 서지 않는다. 그의 왼팔이 져려오기 시작한다. 혈액을 잘 통하게 하려고 여러 번 팔을 천천히 뻗친다. 그에게 무겁게 느껴지는 이 편지 쓰는 일은 왜냐하면 중요한 요소를 하나도 빠트리지 않고 적절한 인상을 만들어 내는 것이 중요하다. 그래서 여하튼 그의 조카가 편지의 발송인의 이름을 보고 인상을 찌푸릴 걸 생각하면서 그는 사전에서 각각의 단어의 철자나 동사의 형태를 확인한다. 가족내에서 시작된, 언젠가 모험을 찾아 떠났던 그의 용기에 관한 이 오래된 풍설은 분명히 그의 편지로 양도될 것이다. '멍청한 기술자 같으니라고, 비겁한 관리인 주제에, 화가 난 알프레드가 중얼거렸다. 네 골프채로 엉덩이나 처버려.' 하지만 그는 자신이 시작한 일은 끝을 내야 했다. 그것은 너무나 중요했다.

'지하 이층, 11번 창고에서 플라스틱 봉지들과 궤짝들 속에 다소 나누어 놓은 수첩들과 카세트들을 찾을 거야. 나는 너에게 모든 문학적, 영화 혹은 2차적 이용에 필요한 사용권을 부여한다. 그리고 그것에 상응하는 저작권을 너에게 미리 유증한다. 자, 이것이 전부다. 하지만 적진 않지. 네가 오늘날 우리를 창피하게 여기기까지 우리는 수많은 고통을 겪었다는 걸 결코 잊지 말거라.'

이 마지막 문장은 아주 특별히 마음에 들었고 우아하고 좋은 솜씨로 바삭거리는 듯한 느낌을 주었다. 그는 결국 끝맺었다. 그러나 확실히 모르는 사람에게 편지를 보낸다는 것이 여전히 석연치 않다. 어쩌면 이 조카는 어떤 일가족의 전반적인 분위기를 물려받았을지 누가 알겠나? 삼촌과 흔히 너무 쉽게 친해지는 위험을 그가 경계해야 할 것이다. 알프레드는 결론짓기 위해 펜을 들었다. 왜냐하면 그는 지금 지쳤고 밤은 이미 깊었기 때문이다.

'그리고 특히 최악의 미친 짓을 하게끔 우리를 몰아붙이는 여자들은 조심하거라.'

그가 사인을 한다. 그리고 커다란 기포봉투 안에 열쇠 꾸러미와 함께 편지를 밀어넣었다. 그는 이제서야 쉴 수 있었다. 그의 눈길이 벽을 타고 익숙한 물건들을 다시 한번 훑어본다. 말과 단어들을 제외하면, 알프레드는 자신의 떠돌이 인생을 살면서 쌓아놓은 물건들이 적었다. 이대로도 좋다. 후회할 일은 아무것도 없고 구르는 돌에는 이끼가

끼지 않는 법이다. 배경음, 문학방송이 일반적인 안도감 속에서 끝을 맺고 있었다.

"내 생각에는 당신이 군중 속에서 진정한 고독을 맛본다고 단언했을 때, 친애하는 폴 웰러 씨, 모든 이들이 당신에게 동의할 것 같습니다."

알프레드는 웃었다. 라디오를 끄고 끝부분에 녹음기를 작동시켰다. 식탁 위에는 플라스틱 접시와 포크와 함께 마을에서 가장 유명한 식품점에서 온 바닷가재와 푸아그라와 샴페인 병이 먹고 남은 채 올려져 있음을 짐작할 수 있다.

알프레드는 항상 이 연안지대에서 태어난 듯 했다. 하지만 이 지역 사람 그 누구도 그의 어린시절이나 청소년기를 보았다고 기억하지 못한다. 가끔씩 그는 누구나 마찬가지로 지나치기 쉽상인 마음 속 깊은 곳의 이런 질문들, 자기 자신을 드러내는 사진들을 보여주곤 했다. 이 땅은 천장에 매달린 스티커와도 같다. 그것은 최소한의 노력으로 몰락하기 위해 우연히 이곳에서 쉬는 이들을 붙잡는다. 알프레드 또한 더도 덜도 아닌 다른 이들처럼 자신의 자리가 분명히 있었고 그가 만난 사람들은 그의 계보학자적 편집증을 비웃는다. 반세기를 지난 사진 속에서 웃고 있었던 어린 소년의 세포들은 천근만근의 음식물이 육체를 지나 형태와 화학적인 구성을 바꾸면서 수차 새로워졌다. 어떤 지속적인 조롱을 알프레드가 끌어낼 수 있었던가?

그는 숙소의 편지함에 지폐 한 장과 무거운 봉투를 넣으러 내려가서 관리인에게 내일 꼭 등기우편을 보내달라는 메모를 휘갈겼다. 자신의 원룸으로 올라와 중등 수준으로 펴낸 해부학 메뉴얼을 펼쳤다. 인간의 소화 방식은 반추동물의 그것보다 덜 복잡했다. '이제 됐겠지, 별 문제 없을 거야...' 요코하마 혹은 판매점에서 구입한, 그 뭐라도 상관없는 사무라이 검을 손에 쥐고 낮은 탁상에 책상 다리를 하고 앉는다. 그는 예전에 그것을 칼자루에서 재빠른 동작으로 꺼내 훈제햄이나 통닭구이를 자르며 끊임없이 이어졌던 동반자들을 즐겁게 하려고 사용했었다. 내일이면 '와, 차갑네.' 하고 막 놀란 조사관들은 녹음 테이프를 들으며 몇 마디 말만 들을 수 있을 것이다.

꿈꾸는 별장

거스는 그녀가 아주 오래전에 그녀의 형제 부모와 함께 살았던 별장 입구에 인기 여가수를 내려주었다. 집은 삼 년째 황량하고 조용했고 개머루 덩굴과 거미줄로 버려진 채 남아있었다. 이웃들은 꿈꾸는 별장에서 마지막으로 살았던 사람들에게 일어난 불행을 잠재적인 구매자들에게 밀고하는 것을 참지 못했고 부동산에서도 그 후로 집을 구경시키는 걸 꺼려했다.

그럼에도 불구하고 화물선과 갈매기들 위로 굴뚝들과 파라볼라안테나들 너머로 귀스타비앙 파랑 제비꽃은 피었다. 발코니에서 왼쪽으로 숙여보면 이 거리에서는 거의 장난감처럼 보이는 어항과 작은 트롤어선들이 멀리서 얼핏 보였다. 꿈꾸는 별장은 영감받은 건축 작품도 소상공업자나 선생부부의 의젓한 거처도 아니었지만 그것의 누각과 둥근창은 혼합식 구조물 덩어리에 가깝게 드러났다. 무화과나무 한 그루가 판매 추진자들의 자랑거리인 회의 적인 소기후의 현실을 드러내며 예전에는 정원의 독창성 을 끌어냈었지만 세월과 잊혀짐이 그것을 무기력하게 난 잡한 식물로 바꾸어 놓았다.

그렇기는 하지만 적어도 하루는 어쩌면 마지막으로 꿈 꾸는 별장은 다 자란 아이들의 추억 속에서만이 아니라 달 리 되살아날 날이 올 것이고, 왜냐하면 레지나 그녀가 아 직까지 열쇠를 가지고 있었던 이 쓸쓸한 곳에서 윌리암과 로널드와 약속을 잡았기 때문이다.

"특히 녀석들이 널 무시하면 나한테 바로 알려 줘."

떠나면서 거스가 강조했다.

"걱정하지 마. 내가 휘파람만 불면 지금 어디있던 간에 내 개가 날 보호하러 덤불에서 다시 뛰쳐나올 테니까."

"웃자고 하는 말이 아니야, 레지나."

"나도 아니야. 그 녀석은 항상 내 속에 살아있어. 이와 발 톱까지 모조리. 형을 보러 어서 가, 그의 아들들과 나는 좀 내버두고. 어서 가요. 더이상 걱정하지 말고."

거실은 가구들이 빠져나가 비워졌고 레지나가 아주 오래

전 그녀의 부모에게 극장이나 오페라 공연장처럼 달자고 했던 무거운 붉은색 커튼이 유일하게 남아있었다. 이 전라는 세 아이들이 놀면서 그리고 돈 걱정으로 자랐던 평범한 실내에 무겁고 차분한 분위기를 주었다. 레지나가 창을 향해 고개를 돌린 채로 말을 시작했다. 혹시라도 지나가는 사람이 보았다면 그녀가 혼자 있었던 것으로 여겼을 것이다.

"마지막에 우리 어머니는 자주 여기에 서 계셨지. 내가 지금 하는 것처럼 이렇게 길을 바라보면서. 그녀는 낡고 못난 치마를 입었고 아이들은 그녀를 마귀할멈이라 불렀어. 일종에 볼거리, 동네 얼굴마담이었어. 내 생각에는 그녀가 돌아오길 기다린 것 같지만 그게 나는 아니었어. 막심이 돌아오길 원치 않았던 건 유감이야. 이 집은 그에게 짐이었고, 이것을 단지 팔 수만 있다면 그는 언덕쪽에, 당신 부모님이 사는 동네에 방 두개에 거실 딸린 아파트를 살 수 있을 텐데. 나는 떠날 거야. 돈이 있건 없건 간에. 처음에 나는 네가 날 찾아와 원망스러웠어, 로널드. 나는 네 가족들에게 조금 넌더리가 났거든. 미안해. 하지만 어쨌든, 이 집에 대한 나의 작별은 내가 너희들을 마지막으로 다시 보지 않았다면 완전하고 결정적이지 못했을 거야."

어스름이 더욱 짙어졌다. 레지나의 가죽 외투를 부드럽게 반들거리면서 초승달이 하늘에 떠올랐다. 그것은 곧 창턱 높이까지 이를 것이다.

"나의 초대에 응해줘서 고마워. 너희들은 아주 예의바르고 잘 자란 청년들이야. 그건 변함없을 거야."

"그래, 그런데 네가 비꼬면 안 되지, 방 한쪽 구석에서 윌리엄이 끼어들었다. 우리 일가족, 로널드, 특권층의 벙어리가 되기를 항상 선택한 이유로 내가 대표해서 말하건데, 너는 동정 없는 세상을 의연하게 버티려고 최선을 다하는 솔직하고 올바른 두 명의 성실한 청년들을 네 앞에 두고 있어. 나는 네 앞에서 비교하는 걸 망설이지 않았고(그가 재미있다고 느껴진 단어에 강세를 넣어 웃었고, 지금까지 괴롭게 침묵을 지킨 탓으로 그의 입담은 빨랐다), 왜냐면 내가 추억할 만한 많은 시간을 보낸 집으로 다시 못 올 이유도 전혀 없었기 때문에. 나는 여기서 소리 예술의 실재 희망, 매력적인 젊은 여자만 보이는 걸, 그리고 과학으로 오래전부터 이미 앞서갔던 젊은 청년. 하지만 그 어떤 유령이나 양심의 가책이나 후회의 그림자는 없어."

"나는 유령들을 어지럽히러 온 게 아니야. 단지 이 벽들 사이에 조용히 그들의 가호를 빌 뿐이야. 여름날 저녁에 정원 벤치에 올라가 앉아 대중가요나 동요, 네가 파괴할 수 없는 그 모든 세상을 가족을 위해 노래 불렀어, 내가 거울을 들여다 보며 입김만 불면 그것을 기꺼이 되살릴 수 있기 때문에. 그리고 나는 그렇게 나의 이전 그대로를 다시 봐. 선녀들이 우리의 요람에 몸을 기댔고 하지만 우리는 그녀들이 떠나면서 놓고 간 선물 꾸러미들을 풀어 볼 줄 몰랐어. 앞으로 나는 귀머거리나 목석 같은 사람들을 위해 때묻은 술집에서 노랠 부르겠지. 윌리암, 너는 문학적인 암시들과 인용문들을 상업적인 글에 밀어넣게 될테고. 할 수 없어. 지금으로서는 유일하게 로널드만이, 나에게는 원, 영원히 닫혀있을 자신의 왕국을 지킬 줄 알지."

레지나는 두 젊은이들을 소스라치게 한 빠른 동작으로 난간에 걸터앉았다. 그녀는 침울한 군주의 분위기로 콧노래를 부르기 시작했다. 지역의 모든 아이들이 학교에서 배웠던 노래를.

> *그들의 땅을 침범하지 마*
> *너의 응달 속 꿈에서*
> *분노가 거길 지배해*
> *침울한 이 군주가 거길 지배해...*

"나는 창가에 기대어 영원한 노래를 불러. 너무 놀라 입이 떡 벌어진 이 철 난간에서, 오 년만에 특이한 형태가 되었네. 전화위복."

"바르트가 너를 부추겼어, 그렇지?"

"그래, 윌리암, 사실 모든 사람들이 어느 정도 억제된 자살 충동을 가지고 있어. 마음 속으로 나는 다른 곳보다 이곳에서 더 행복하지도 않았어. 나는 나의 전성기를 알지 못했어. 짐이 무거웠지만 결국 이젠 그걸 좀 내려놓으려고."

"너는 노래와 픽션들을 만들지. 그러니 내가 지금부터 너에게 하는 말을 이해할 거야. 그 「육교 경치」라는 소설을 쓰면서 나는 단지 바르트에 대한 나의 감정들을 찾아보았어. 너의 형제들과 너는 유복했고 내가 난처할 정도로 훌륭했지. 가끔씩은 짜증이 날 정도로, 내가 그것은 인정해. 제일 본심에서 우러난 애정이라도 후미진 곳과 사각지대들을 내포한다는 걸 말하고 싶었던 건 너에게 한 게 아니야. 내가 빛을 보고자 했던 건 이 어둠들에 관한 것이었어. 어쩌면 조금은 건조한 빛. 이 글을 펴낸 것이 단순한 사람들의 오해를 사게 했지. 우리 부모님들처럼. 하지만 내가 도덕적인 관점에서 접근한 것이지 영원히 미해결된 투박한 사건들을 겨냥한 것이 아니라는 게 막심과 너에게는 분

명할 거야. 나는 이 이야기의 모든 요소들을 다시 생각했
고 그들에 대한 나의 주관적인 입장을 조명했어. 그건 나
의 마술 초롱불이고 그것만이 유일하게 중요해 결국. 육
교와 고속도로와 트럭들 그리고 바르트도, 아무것도 나의
추억처럼 현실 속에서 존재했다는 걸 증명할 수 없어. 사
고가 나고 얼마 후, 그 장소로 되돌아가 보았지만 간신히
그것들을 알아보았고 아스팔트와 쇠붙이는 안개 속에 녹
아 있었지. 그 때 내가 한 말들, 나의 행동들과 바르트의
것들, 네가 생각하는... 더구나 나는 방 한구석에서 그의
사진을 발견했어. 우리는 수백 수천만의 시간을 함께 했지
만 트럭과 하이파이, 그 무엇도 이 사진만큼 바르트를 더
생각나게 하는 건 없었어. 그래서 내가 벌써 그의 얼굴을
잊어버렸구나 하고 슬프게 말했지. 하지만 사실, 나는 나
도 모르는 사이에 그를 다시 그리고 있었어. 이것은 어떻
게 보면 시적 재창조야. 그리고 그 사진은 나의 생각들과
더 이상 하나도 일치하지 않았어. 바르트는 내 속에서, 네
속에서, 그를 아는 모든 이들의 가슴 속에서 결코 진정으
로 산 적이 없었어."

　윌리암이 흥분해서 자신의 말을 끝맺었다. 거의 완전히
울부짖으며 레지나에게 다가갔다.

"자, 약간 숨을 가쁘게 쉰 그가 결론지었다. 나는 바르트의 본질에, 그의 영혼에, 네가 원한다면 모든 상황들과 대파란들을 넘어서 명복을 빌고 싶었어. 만약에 죽음으로 인한 나의 차례가 곧 들이닥치더라도 사라진 육신에 문학적인 묘석을 키우는 건 멈추지 않을 거야. 시간을 초월한 그의 얼굴을 단어로 그리는 것을. 막심은 나를 잘 이해했지, 그는, 우리는 화해했어. 그는 인정 넘치고 분별력있는 사람이야…"

레지나는 떨리고 척척한 그의 손에 붙잡혀있던 자신의 손을 뿌리쳤다. 윌리암은 잘되진 않지만 자제하려는 확연한 노력을 기울였다.

"들어봐, 그가 휘파람을 불었다. 내가 한동안 이 집에서 아무도 아랑곳하지 않는 그 모든 과거와 이야기들에 대한 네 헛소릴 들었는데. 나 없이도 너는 좋은 집안에 피아노 수업을 주면서 여기 너희 부모님 집에서 여전히 잘 살았을 거야. 그 대신에 넌 결국 우리 늙은 삼촌네 가게에 술집여자가 되었지. 급기야 넌 우리에게 모든 걸 빚지고 있어."

유일한 달 빛 속에서 몸짓과 표정을 알아맞히기는 어려웠다. 하지만 실은 대낮보다 좀처럼 더 나쁘지도 않았다. 그러는 동안 로널드가 대화의 시작부터 잠자코 앉아있던 안락의자에서 일어섰다.

"좀 내버려 둬라." 그가 형에게 말했다.

윌리암이 쳐다보지도 않고 대답도 없이 팔뚝으로 그를 밀어냈다.

"사과하고 그녀를 가만히 좀 내버려 둬."

이번에는 윌리암이 돌아섰다. 그의 얼굴은 놀라운 흥미를 표현했고 음절을 떼어놓으며 굉장히 부드러운 목소리로 다음과 같은 말을 발설했다.

"내가 제대로 들었다면, 친애하는 형제씨, 네가 요구하는, 네가 지금 사과하라고 나한테 명령하는 거야? 누구한테? 너한테? 아니야? 레지나한테? 근데 도대체 무얼? 네 애인에 대한 진실이 혹시 널 두렵게 하는..."

"어렸을 때 나는 네 옆에 있으면 왜 기분이 나쁜지, 왜 우리는 더 친해질 수 없는지 자주 궁금했었어. 네가 모든 과목에서 수학 빼고는 나보다 성적이 좋았으니, 답이 오랫동안 숨어 있었지. 내가 봤을 때 너는 바보야. 이것이 바로 문제의 바탕이라고 봐."

"너는 말수는 적은데 돌리지를 않아(윌리암은 그의 동생보다 더 작았지만 지금 이 순간만큼은 물 준비가 된 방울뱀처럼 몸을 일으켰다). 나도 마찬가지로 절대로 너를 많이 좋아한

적이 없었어. 일종에 괴상한, 결국엔 괴물 같은 화성인 형제를 갖기위해 매일 같이 쉽지는 않았지. 아무도 너 같은 사람과 친구가 될 수 없기 때문에 너는 친구가 없는 거야. 신체적으로 불가능해. 다른 사람들의 눈에 비친 우리 핏줄과의 비교를 나는 참아야 했어. 하지만 우리가 너를 우리에 가두고 박람회에 전시할 수도 없는 일이고, 아무런 흥미도 안가는 희귀동물들도 있기 마련이니까, 동물학자들에게만 제외하고. 너는 너무 흐릿하고 슬픈 낯짝의 수도회 기사 같아. 우리가 말하는 네 연구들도 마찬가지로 확실하게 구체적인 그 어떤 것으로도 뚫리지 않았지. 스파르타였으면 태어나자마자 골짜기로 내던졌을 걸. 도대체 너는 왜 사는 거야?"

로널드는 원래 주먹질을 하지 않지만 자신의 몸무게를 실지 않고 앞쪽으로 주먹을 내뻗치는 것으로 만족했다. 충격으로 적어도 윌리암의 눈두덩이를 터트리기에 충분했다.

"어머나! 이 멍청이가 내 눈을 터트렸어."

심각한 타격보다 더 아연실색해서 이쪽에서 고함을 질렀다.

바닥을 나뒹구르며 두 청년은 유년 시절의 싸움을 기억했다. 그들의 몸은 옛날처럼 충격의 절박함을 서로에게 경고했고, 그들의 손은 적의 예민하고 고통스러운 지점들을 본능적으로 찾았다. 항상 똑같은 헐떡임이었다. 너무 과하게 타이트한 한 방을 맞았을 때는 '그만 두자!' 고 고함치고 싶을 정도로 앞의 상대는 똑같이 격노하고 못난 낯짝이었다. 약간의 피가 싸움에 뿌려졌다. 레지나가 개입해야겠다고 결심했을 땐 오랜 수영으로 단련된 더 밀도 높고 근육질인 로널드가 우세했고 형의 멱살을 꽉 움켜쥐고 있었다.

"그만 둬, 로널드, 침착하게 그녀가 말했다. 너희들은 우스꽝스러워. 그리고 마루에 핏자국으로 집 팔기가 더 어려워질 거야. 너희들은 술집에 알콜중독자들 같아. 일어서기에는 너무 많이 마셔서 제 의자에 앉아서 때리는 사람들 말이야. 둘 다 지금 당장 나가."

그들이 어쩔 수 없음을 보여 주려고 천천히 일어섰다. 윌리엄이 결국 문을 열고 정원으로 통하는 계단을 내려갔다.

"로널드, 너도 마찬가지야, 부탁이야. 나는 그 어느 때보다도 혼자 있고 싶어."

그는 순종했다. 그녀는 아주 가까이서 대서양의 소리를
다시 들을 수 있었지만 이런 속삭임도 거의 곧바로 숫기
없고 동시에 단호한 이의 목소리로 뒤덮이고 말았다.

"레지나?"

"뭐야 또?"

문을 향해 그녀가 고함쳤다.

"너한테 할 얘기가 있어. 일 분이면 돼. 매우 중요한 할
말이 있었는데, 오늘 저녁에 말할 기회가 없었어."

"매우 중요한... 나는 벌써 무서워. 모레, 어쩌면 부둣가
서 마지막 아침을 보내러 갈 거야. 네가 원한다면 거기서
말해, 너무 길지 않게. 이제 가."

발자국 소리가 한밤에 멀어져갔다. 레지나는 바닥에 쭈
그리고 앉았고 두 손으로 턱을 괴었다. 위쪽으로 아주 가
만히 귀기울이면 어쩌면 먼지의 속삭임도 들을 수 있을
것 같았다. '내가 무화과나무를 저주할 권리는 없지만, 그
럼에도 불구하고 열매를 전혀 맺지 않네. 덧창문을 다시
닫아야지, 덤불에다 열쇠를 버리고 손을 털어야겠어. 모
든 걸 날려보냈고 용서했어. 잊음보다 더 깊은 용서로.'

크리스탈 꽃병

거스는 진정 자각하지 못하고 시간을 엄수했다. 그리고 문이 열렸을 때 - 사실상 이상한 명칭인 자신의 시누이(발음으로 예쁜 누이)에게 - 예의 바르게 인사했다. 왜냐하면 그에게 있어서 그녀는 결코 자신의 여동생이 된 적도, 청춘의 정기 속에서도 예뻐보인 적이 없었기 때문이다. '이제 다 큰 남자가 생쥐처럼 함정에 빠졌어.' 인터폰으로 알리면서 그가 생각했다. 그는 자신의 방문의 의미를 생각하는 시간을 가지려고 계단으로 올라갔지만 이런 질문에 진정으로 집중하지 못한 채 삼층에 다다르고 말았다.

"안녕 브리짓, 하나도 안 변했네."

"불쌍한 미친놈."

"아니야, 너 하나도 안 변했어."

"온 이유가 뭐야?"

"인사차 들렀지."

평소에 거스라면 에르빈과 브리짓이 살았던 침울한 건물과 아파트를 이미 찾았을 것이다. 칸막이 벽을 통해 부부싸움하는 소리를 들으며 이죽거렸을 것이고 '환영합니다'라고 쓰인 문깔개를 보면서 측은한 분위기로 미소 지었을 것이다. 당연히 병의 분위기, 약품 냄새와 밀폐된 방은 아무것도 정리되지 않았다. 하지만 특별히 이번 만큼은 자신의 선입견들과 환멸들과 싸워 스스로 자제할 것을 다짐했다. 거스는 서랍장과 전원풍경을 조각한 식기장과 예전의 시골풍의 가구들을 알아보았고, 자신의 형이 바다일광요법 요양병원에서 돌아온 뒤로 줄곧 누워있었던 방 안으로 들어서면서 시간을 거슬러 오르는 고통을 감내했다. 벌써 많은 사람들이 그를 보러 다녀갔었고, 머리맡 탁자 위에는 초컬릿이나 아몬드 페이스트 상자들과 수상작 도서들 그리고 또 브론슨과 새 친구들이 두고 간 유익한 소책자들 꾸러미로 혼잡했다.

"에르빈 잘 지냈어? 거스가 침대로 관심을 갖고 숙여보며 말했다. 괜찮네, 그래도 눈은 둘 다 붙어있네."

"당연하지, 왠 질문! 너 왜 그렇게 말하는 거야?"

"걷게 하려고, 그냥 농담이었어."

에르빈은 형의 얼굴을 유심히 살폈다. 그는 마치 어떤 아 프리카 마스크들처럼 아주 가는 주름 다발들로 주글주글 했다. 시선은 빈정거림이나 걱정이 실려 엄청나게 흔들렸 지만 거스가 웃을 땐 차가운 채로 머물러 있었다.

"네 아들 로널드가 네게 일어난 일을 말해 줬어. 그토록 긴 세월이 지난 뒤에 무슨 말을 해야 할지 모르겠네. 네가 건강했을 때 떠났는데, 일이 잘 안 풀린거야?"

"너는 건강해 보이네. 예전처럼 여전히 말랐고. 그래서 네가 원했던 예술가의 인생을 살고 있는 거야? 나는 네가 꿈을 이루지 못할 거라 생각했는데. 만족스럽겠네."

거스는 에르빈의 베갯머리에 돌아다니는 소책자들 중에 몇 개를 기계적으로 집어들고는 뒤적거렸다.

악독한 자들만 홀로 남겨질 것이다. 건강, 절제, 영성, 병의 비 밀에 대하여...

"네가 진짜 이런 되지도 않는 글을 읽는 거야?"

"그건 최근에 종교 단체에 들어간 우리 정비소 동업자가 준 거야. 단번에 그렇게 되더라고, 십중팔구 장년기 발작 이지. 종파의 책임자들인 두 젊은이를 데리고 여기에 왔 었어. 병은 내가 깊이 생각하게 할 거라고 말하더군, 어떤 알림이라고. 그 사람들 말에 의하면 이건 나의 행동과 나의 생각의 결과라던데."

"하찮은 것들. 모두가 언젠가는 아파. 모두가 고통받고. 모두가 결국엔 죽기 마련이지. 네가 했던 말로 다시 돌아가자면, 나는 나의 꿈을 실현하지 못 했어. 아니면 우리가 헤어진 뒤로 그것이 아주 변했거나. 혹시 로널드는 내가 기쁨과 시풍을 퍼트리는 곳을 설명 안 했나 봐. 향수와 배터지는 맥주 향이 나. 손님들은 삼십 분마다 역할 대로 바뀌지만, 밤 12시 전에 마담들 출입은 공짜야. 어떤 곳인지 알겠지. 약물이나 알콜중독 광대들을 소개하지. 섞은 술 제품 밖에 없어. 몇 가지 스펙트럼을 흔들어 미몽을 만들지. 진정한 신비술. 불행히도 연극 배우들을 찾기가 어려워서. 애석한 일이지. 우리 가게에서라면 대성공을 이룰텐데."

"재미있군, 그 모든 걸 말하면서 꼭 악독한 분위기를 풍기네."

"무얼 더 바래, 나는 늙으면서 육체적 경제적 몰락으로 위협받는 시어진 사람이야. '자, 내가 태어난 나라로 바람이나 좀 쐬러 갈까, 이 늙은 에르빈을 다시 보면 원기회복이 되겠지.', 라고 내심 말했어. 그리고 녹아웃 당해 누워있는 널 보다니, 카바레의 그 어떤 넘버보다 더 이상하고 비참한 너라니. 내가 없는 사이에 누가 널 이렇게 만든 거야?"

"너와 마찬가지로 아무것도 그럴듯하거나 흥미롭지 못해. 하지만 우리가 어렸을 적 나는 적어도 그 어떤 특별한 걸 희망하진 않았어. 적잖은 실망도 줄일 수 있었고. 단지 모든 행동과 말을 조심하고 참을성은 있어야 했지. 다림줄로 자신의 능력까지 담 짓는 석공이 돼서."

몸을 뒤로 젖히면서 거스가 말없이 웃었다.

"일반적인 생각들은 집어치워. 말할 가치도 없어. 에르빈, 너 그거 알아, 너와 나 우린 결코 애꾸눈에게서 도망치지 못했어. 어느날 그가 즉석에서 죽었지만, 그의 시신이 우리가 잡혀있던 소굴의 입구를 막았지. 우리는 빠져나갈 길을 찾느라 인생을 허비했어. 속절없이. 터널 속에서 길 잃은 장님들. 네가 우리 젊은 시절을 얘기하는데, 우리가 단 하루라도 젊었던 적이 있었는지 모르겠네. 지금도 마찬가지야."

브리짓이 방으로 다시 나타났고 문틀에 자신의 어깨를 기대었다. 어쩌면 처음부터 대화를 엿듣고 있었는지 모른다.

"간호사가 곧 올거야. 담배 냄새를 맡으면 별로 반기지 않을 걸."

바다일광요법 요양병원의 의사들은 그가 안고 있는 여러가지 위험들에 관해 사인하게 한 이후에서야 비로소 마지못해 에르빈이 떠나는 걸 내버려두었다. 그의 상반신은 이제 거의 완벽한 원기둥이 되었다. 침대 시트를 들추면 가스통 혹은 권투 선수들이 연습할 때 사용하는 것과 같은 샌드백이 드러나는 것을 기대할 수 있을 것이다. 피부는 터질 정도로 팽팽하게 당겨졌고, 체내의 풍부한 액체 속에서 흡수되고 용해된 것처럼 갈비뼈들을 손으로 만져보면 그 어떤 내성도 없었다. 그러나 방문객들에게 가장 충격적이었던 것은, 최면을 걸고 싶어하고 자신의 의지를 강요하는 듯이 보이는 에르빈의 튀어나온 눈이었다. 그렇지만 에르빈은 지쳤고 더 이상 아무것도 원하지 않았다. 그는 바깥에서 들려오는 소릴 엿들으며 자신의 대부분의 시간을 보냈다. 육체의 감각을 유지하려고 등 윗부분을 가볍게 흔들거리면서 지루함을 해소하려고 하루의 흐름에 따라 천장에서 관찰된 빛과 그림자들을 보고 시간을 알아맞히며 놀았다. 그러나 식사는 당연히 가장 기분 전환되는 것이었다. 그는 스프와 퓨레를 게걸스레 삼켰고 크림과 간 치즈가 적게 들어갔으면 투정도 부렸다. 그 외에도 계피, 육

두구와 카레를 섞고 간장 소스가 든 이국적인 향신료를 기본으로 한 복잡한 드레싱을 요구했던 최근 환자의 입맛을 만족시키기 위해 믹서기가 점심 저녁으로 단호박, 대파와 브로콜리를 갈아댔다. 에르빈의 모든 관심이 이제는 먹거리에 집중된 것처럼 보였다. 그는 접시에 담길 반찬 종류들을 아주 미리부터 걱정했고, 특히 체내의 변화로 현저하게 불어난 자신의 식욕에 양적으로 부족할까봐 겁을 냈다. 브리짓은 그가 새로운 요리의 꾸밈새에 초연한 태도를 돌리며 자신의 욕구 키우기만 부추길 때면 그를 푸대접했다. 하지만 목마름은 더욱더 잔인하게 그를 괴롭혔다. 팔의 움직임은 흉곽 팽창으로 인해 줄어들었고, 플라스틱 증기류와 같은 것이 입을 향한 그의 촉각을 항상 팽팽하게 끌어당겼다. 그렇게 에르빈은 때에 따라 감초 약탕이나 쓰고 찬 코코아를 자유롭게 들이마실 수 있었다.

"내가 마시고 삼키긴 하지만 힘이 나질 않네, 그가 형에게 말했다. 게다가 숨을 잘 못 쉬어. 나는 제 무게에 눌린 뚱뚱한 유충이 된 느낌이야."

"잠깐만, 내가 비밀 한 가지 알려 줄게."

거스가 고개를 숙였고 웃기 시작하는 에르빈의 귀에다 몇 마디를 속닥거렸다. 이 진동은 곧바로 너무 연한 그의 몸에 고통스러운 파동을 일으켰다.

"네가 옳아, 희망에 부푼 애벌레의 어디론가."

괴로움이 가라앉을 때까지 기다렸다가 그가 중얼거렸다.

"에르빈은 이제 휴식이 필요해, 브리짓이 잘라 말했다. 긴 세월이 지난 뒤에도 이렇게 나타나 줘서 고마워, 귀스타브."

"응, 나는 뒤늦게 신앙인이 된 헤픈 형이야. 그것도 11시에 와서 전액을 다 받고 싶어하는 노동자. 나는 너처럼 희생과 헌신 정신이 없어, 브리짓, 내가 그걸 가혹하게도 잘 알지. 부족할 게 하나도 없는 사람은 날 믿어도 돼."

"내 앞에서 싸울 시작하지 마, 염치가 있어야지. 에르빈이 쾌활하게 말했다. 환자는 모든 권리가 있다고, 특히 일치되고 조화로운 가족들로 둘러싸인 사람은."

초여름의 더위와 들이마신 막대한 부피의 음료 때문에 그는 땀을 많이 흘렸다. 이 발한은 지나치게 두드러져 보였고, 그의 반짝거리고 고정된 시선은 에르빈이 그 이후로 불안 속에서 살아온 듯한 느낌을 주었다.

"우리끼리 있도록 이 분만 더 주면 안 될까, 거스가 브리짓에게 요구했다. 그런 뒤에 나는 떠날 거고 더 이상 영영 못 볼 거야."

브리짓은 잠깐 주저한 뒤에 문 뒤로 사라졌다. 확실히 그럼에도 불구하고 그는 약속을 지킬 것이다. 거스는 형의 머리맡 의자를 끌어당겼다. 형의 얼굴 근육은 기괴하게 오그라들어 이제는 지도의 평면도를 닮은 주름살들이 더욱 두드러졌다.

"우리 어릴 때를 생각해 봐, 이 모든 게 다른 식으로는 끝날 수가 없어. 너와 네 아내는 목욕가운을 입고 돌아다니고, 나와 내 오락은 이 지역에선 결코 볼 수 없지. 나로서는 나의 길을 계속해서 갈 거야. 하지만 네가 나를 능가하니 체면치레하러 왔어. 그러니, 영원히 잘 살아, 에르빈. 그리고 고마워, 여러모로 고마워."

거스가 갑자기 일어섰고 브리짓에게 인사도 없이 황급히 아파트를 떠났다. 그의 떠남은 신경질적이고 불안한 방문으로 짓눌린 느낌이 들었던 에르빈을 안정시켰다. 그럼에도 불구하고 형을 다시 보아 행복했지만 그의 동요와 야유는 참기가 힘이 들었다 ('내가 결국 평안을 되찾았네, 그가 생각했다. 형에게도 이런 걸 줄 수 있었다면 좋았을 걸, 하지만 나는 아직까지 초보자야, 스승이 아닌. 인내심을 가져, 때가 오고 있다구, 매일 좋아지고 있잖아.'). 그의 유일한 진짜 걱정거리는 주위 사람들에게서 왔지만, 자신의 시선을 장식융단

의 기하학 뎃생으로 돌아다니게 내버려두었을 때는 평온
한 감정 상태를 굉장히 빨리 되찾았다. 그의 육체적 고통
은 결국 받아들일 만한 선에서 머물렀다. 그리고 자신의
신체 내부에서 들려오는 파랑의 소리를 은근히 즐기면서
현제의 시간을 사는 것에 만족했다. 자신의 팔자를 감수하
고 포기한 이런 겸허한 평온함이 브리짓을 짜증나게 했다.
"그만 좀 흔들어, 갈증나게 하잖아."

너무 심하게 흔들 때면 역설적으로 그녀가 말했다.

그녀는 바깥 주차장에서 정체불명의 광고판으로 측면에
어릿광대인지 마귀인지를 그려넣은 장사용 트럭, 거스의
차에 시동이 걸리는 소리를 들었다.

더 주의깊게 들어보면, 작은 공원 벤치나 놀이터 모래사
장의 벤치 테두리에 앉아 이야기하는 주택단지의 젊은이
들의 목소리도 들렸다. 여름은 그들에게서도 자라났고 어
쩌면 이날 하루는 영원히 끝나지 않으리라 생각했을 것이
다. 붉은 재를 덮어쓴 피부에서 땀이 식어가는 동안 어떤
이들은 가로등 미광 아래서 축구를 했다. 방학이 곧 다가
온다. 아직까지는 망가지지 않았고 아무도 발을 들여넣지
않은 눈 덮인 거대한 들판처럼 그것이 내일에 펼쳐져있다.
저기 잔디밭과 미끄럼틀 근처 희미한 불빛 속에서 얘기하

고 있던 소년 소녀들에게는 모든 계획들이 열려있다. 올해 그들은 산으로 혹은 먼 해외로 떠날 것이다. 아니면 그렇지 않다고 해서 실망하거나 불행하지 않고 여기 고층건물들과 블록들 발치에 남아 있을 것이다. 다른 여름철도 아직 많이 남아있기에, 그것은 확실했다.

"그런데, 브리짓이 다시 말을 이었다. 오늘 아침에 시청에 들렀는데, 무기한 양도권을 더 이상 팔지 않는데, 벌써 없어졌다고 하던데. 내가 남쪽 묘지에 당신 자리를 잡았고 이십 년씩 갱신할 수 있어, 산책가로. 더 비싸긴 해도 방문과 관리가 더 쉬울 거야. 당신이 묘비만 결정하면 돼. 카탈로그 가져왔어"

"내가 좋아했던 건 어디로 갔어?"

"당신 병으로 잡아먹혔겠지, 혹은 수십 년 동안 당신이 살아온 세월이 모셔 갔거나. 어쩌면 한 번도 존재한 적이 없거나."

인간들의 세계

  교회 제의실 벽에는 쥐색 무명천이 걸려있다. 브론슨을 마주하고 정삼각형 속에 갇힌 커다랗게 뜬 한쪽 눈을 표현한 오래된 부조도 걸려있었다. 들어가면서 앉기 전에 그는 긴 칸막이 벽을 따라 규칙적인 간격으로 놓인 작은 검정색 플라스틱 통에 담긴 게시문을 다시 한번 읽어 보았다. '나는 평화가 아니라 검을 가지고 왔다', '만약에 네 눈이 너를 모독한다면 그것을 차라리 뽑아버리거라.', '그 누구도 지도자라 불려서는 안 된다.', '돼지에게 진주를 던져주지 말라.', '사원에서는 침묵을 지켜야 한다.', '여자들은 머리에 천을 두르길 청한다.'

  사원으로 난 정문은 푸른색 벨벳 채색으로 가려져있었다. 아침예배는 삼십 분 일찍 끝마쳤고, 니콜라는 작은 창고 입구 길에서 독실한 신도들 단체와 아직도 수다를 떨고 있었다. 스무 명 남짓 되는 사람들이 출근하기 전이나 집 안 살림과 맞서러 가기 전에 월요일인 오늘 아침에 속죄를 하러 나왔다. 참석자들은 굉장히 단순한 차림새로 주로는 중년이거나 나이 지긋한 여성들이 대부분이었다. 이번 만큼은 브론슨은 딸을 데려가지 않고 혼자 예배에 참석하길 바랬다. 마틸드는 항의했지만 그는 일진이 사나운 날의 얼굴로 그녀를 겨냥하면서 무뚝뚝하게 냉대했다.

"딸의 첫번째 의무는 아버지를 공경하는 것임을 잊어서는 안 돼. 마침, 너는 오늘날까지 한 번도 이 아비 공경을 제대로 한 적이 없어. 하지만 이제는 달라질 거야..."

전날 공식예배 끝에 그는 두 메신저들과 약속을 잡았다. 그는 제의실 안에서 그들을 기다리면서 마틸드와 자신이 심판교회에 꾸준히 다니면서 흘러간 지난 주들을 다시 떠올렸다. 그들의 사진이 예비신자 난 *신자연감* 속에 실렸고, 일요일 단체식사 준비와 장소를 비질하는 일을 맡기도 했었다. 브론슨은 성서 공부모임, 환자 방문, 부랑자들을 위한 식량 꾸러미 만들기 그리고 특히 에프라임 형제에 의해 주관된 긴 자기성찰의 회의들을 생각하면서 한숨을 푹 내쉬었다. 화요일과 금요일 저녁, 그는 창고에 휩쓸려 들기 전에 주변을 살피면서 자신의 딸과 사원에 들렀었다. 니콜라가 공개적으로 교리를 주었던 특별석에서 가장 가까운 긴 의자에 앉은 몇몇 사람들은 이미 자신들의 차례를 기다리고 있었다. 에프라임 형제가 제의실 안에서 개인 인터뷰를 맡았다. 결국 방 안으로 들어선 브론슨은 사람들이 지금 막 그에게 털어놓은 죄의 무게에 짓눌린 것처럼 앞쪽으로 고개를 떨군 기름지고 듬성한 그의 머리를 먼저 발견했다. '한 숨 깊이 들이쉬고, 정비소 사장이 생각했다. 너는 최악의 순간들을 겪었고 그에 합당한 보답을 받게 되겠지.' 흉칙한 눈동자의 시선 아래 자리를 잡은 뒤에는 반항의 섬광이 그의 등줄기를 타고 흘러내렸고, 에프라임 형제는 자신의 양쪽 관자놀이로 손바닥을 갖다 대었다.

"당신의 목소리가 들립니다."

불가사의한 보고가 결국 이루어졌을 때 이쪽에서 긴 몇 초를 흘려보낸 뒤에 속삭였다.

브론슨은 자신의 한평생을 힘겹게 처음부터 회상했다. 그가 자신에게 불리한 사건을 거짓말로 헤매거나 돌려말하기가 무섭게 에프라임 형제는 그를 확실하게 다잡았다. 왜냐하면 그가 초인적인 능력을 가진 것이 사실이었기 때문이다.

"솔직하게 말씀하세요, 그가 말했다. 당신은 지금 막 해로운 파장을 발산하셨어요."

"하지만 저는 최선을 다하고 있다구요, 젠장! 전 이미 지난주보다 훨씬 더 솔직하고 있어요."

"단언하지 마십시오. 솔직함에 관해서는 더 많고 적음이 없습니다. 물은 맑고 탁하다, 싱싱하고 썩은 과일, 단지 절대가 있지 어중간한 조치는 존재하지 않습니다. 육신의 혼란이 아직 당신에게 고요를 부르지 않았군요... 매 걸음마다 상처를 주고 당신에게 두렴움이 되는 각각의 잘못들, 모든 불건전한 생각들을 깊이있게 반성해야 합니다."

"하지만 저는 이미 짐승처럼 고통받고 있다구요!"

그리고 실제로 브론슨의 낯짝은 벌겋게 달아올랐고 신경질적인 고해신부와 차가운 손 사이에서 굵은 땀방울로 진땀을 빼고 있었다.

"당신이 변하도록 내버려두세요, 오만을 포기하시고 순종적이고 단순한 따님을 본보기로 삼으세요."

마틸드는 이미 심판교회의 자매님들의 단순한 몸과 마음가짐을 받아들였다. 그녀가 숄 속에 머리를 밀어넣고 검정색 긴치마를 입고 집안을 돌아다니는 것을 봤을 때 브론슨은 숨이 턱턱 막히고 힘빠짐을 느꼈었다. '이만하면 끝날 때가 됐겠지.' 심심풀이 잡지로 눈을 돌리면서 그가 생각했다. 처음에 메신저들은 그들을 만나기 위해 닫힌 거실 안에 초록색 수성펜들로 뒤덮인 탁자 주변을 돌아다녔다. 하지만 브론슨은 주로 사업과 관련된 일을 핑계삼아 몇 분만에 자리를 떴었다.

"자, 그럼, 저는 이제 그만 가보겠습니다, 너무 강하게 웃으면서 그가 말했다. 속세의 일을 누군가는 맡아야 하기에..."

니콜라 형제가 부녀의 공동 세례식의 아름다움과 중요성을 제차 강조하는 반론을 제기했고, 마지못한 브론슨이 결국 자신의 지난 과거의 심층 검토를 위해 삼 일 내로 에프레임 형제를 다시 방문할 것을 약속했다.

한편, 마틸드는 그녀의 아버지보다 훨씬 더 빠른 발전을 했다. 그녀는 그녀의 아버지와 메신저들의 결정적인 약속이 있기 일주일 전에 혼자서 찬란하게 세례를 받았다. 이 날 교회의 전 신자들은 *모든 육신이 풀들과 마찬가지인 까닭으로*, 공기 주입식 미니 풀장 속으로 그녀가 뒤로 넘어질 동안 그녀를 위해 다 같이 모여 노래를 불렀다. 에프라임과 니콜라는 그녀의 어깨를 잡아 주었고 선지자이자 창립자인 월트 그린게이즈에 의해 법전화된 문구를 중얼거렸다. 마틸드는 세차례에 걸쳐서 물에 잠겼고 하얀 아마

블라우스와 면사포는 대부분이 어두운 색상 옷을 입은 신자들 사이에서 빛이 나는 듯 했다. 니콜라가 고개를 숙여 그녀의 귀에다 대고 본명을 소근거렸을 때 그녀는 웃으면서 기침을 했고 분명 어린아이처럼 기뻐했다. 브론슨은 사원의 한쪽 구석 벤치에 앉아서 구경을 했다. 왜냐하면 그는 세례받지 않은 사람으로서 합창단에 들어가 참관할 자격이 없었기 때문이다. 그는 어리둥절한 느낌이었음에도 불구하고 감명받아 딸이 말린 뒤에 옷을 갈아입고 앞에 다시 나타났을 때 뜻밖의 말을 흘렸다.

"재미있네, 꼭 시집이라도 보낸 것 같다…"

"바로 그거야, 아빠! 내가 얼마나 기쁜지 아빠 모를 거야!"

"넌 내가 절대로 모를 세례명을 받았지. 풀장 속에 있는 널 보면서 네가 태어나기 전에 해변가에서 너의 어머니와 함께한 날들을 생각했어. 인생은 참으로 이상하지. 하지만 넌 이제 다 컸구나."

"아빠도 다시 태어날 수 있어! 온 마음을 다해 그걸 소망하기만 하면 돼! 마르타가 아니라 마리아와 함께!"

"에이, 넌 무슨 말하는 거야? 너 정말 미치광이가 되고 있는 것 같아! 그리고 우선 나는 늙었고 피곤해. 조금 전에 교회 구석에서 내가 꼭 시험에 또 낙제생이 된 기분이었어."

어쩌면 최후의 결정을 내렸을 것이다. 며칠전부터 니콜라는 그를 피하는 눈치였다. 어쩌면 에프레임 형제는 머릿속을 스쳐간 지적 파장들로 조정된 그의 감춘 생각들을 간파했다. 하여튼 메신저들은 마틸드에게 방문하러 오는 것을 다양한 핑계로 여러번 거절했었다. 그리고 사원에서 그들을 만나는 것 또한 더 이상 불가능했다.

메신저들은 브론슨이 소스라치게 놀랄 정도로 너무나 조용히 제의실로 들어왔다. 밤새도록 기도를 했는지 두 사람 다 굉장히 창백했고 안색이 좋지 않았다. 브론슨은 에프레임의 손으로 눈초리를 사납게 던졌다. 두 젊은이들이 그의 정면에 앉았을 때 어쩌면 동그랗게 가는 가죽끈 목걸이를 두르고 있다는 것을 처음으로 알아차렸다.

"그렇게 당신이 우리를 보고 싶어 하셨다구요, 니콜라가 확언했다. 우리가 여기 왔습니다. 하실 말씀이 있으시면 어서 하세요."

"사실, 나는 마지막으로 확실히 해 두고 싶은 것이 있어. 나는 죄인이고 나쁜 놈이야. 그건 사실이지. 하지만 그 이

전에 한 가정의 가장이고 정직한 직공이야. 너와 네 친구, 당신들은 나름대로 양심적이고 용감한 사내들이지. 내가 그건 인정해..."

그는 확실히 자신의 말과 생각들에 조심하는 것이 보였고 그의 두 눈썹 사이에 있는 한 점에 고정된 듯한 니콜라의 시선과 초점을 맞추려고 애썼다.

"...하지만 여기는 어쩌면 당신들의 집이 아니야. 그가 계속했다. 자네들은 대도시에서 왔고 사고방식도 다르고 우리와 같은 부류가 아니야. 이곳 사람들은 당신들을 화성인처럼 보고 전혀 이해하지 못하고 또 그들을 무섭게까지 해. 그래서 사람들은 무심코 말하지... 이치에 맞지 않아. 아니지. 하지만 인간사가 – 너희들도 알다시피 – 다 그렇듯이, 그들은 모든 걸 특히 종교적인 것을 그들의 독설로 더럽혀. 그들은 당신들이 마틸드가 집에 혼자 있을 때 우리집에 들어가는 것을 봐. 자네들이 같은 아파트에서 함께 사는 것도 알지. 그래서 그들은 많고 많은 것들을... 별로 깨끗하지 못한 걸 상상해. 내가 더는 자세히 말하지 않겠어."

자동차 정비사는 이 불명예를 떠올려야하는 어색함으로 불쾌하고 구역질나는 이미지들이 꼴사나워 점점 더 큰 소리로 말했다. 하지만 무슨 일이 있어도 계속해야 했고 시의 적절치 않은 모든 반론의 에너지로 그들의 행동을 경고해야만 했다.

"내, 내가 그것을 자네들한테 말하고 무엇이 돌아올지도 알지만 나는 진실의 이름으로, 자네들이 너무 성스러워 미안하지만, 추측하기엔 너무 젊어서 오는 위험을 경고하려고 이런 말을 하는 거야. 모든 것이 올바르고 직각인 자네들은 종교인, 말하자면 목사들이지만 바로 그렇기 때문에 사람들은 제 집에서 일어나는 일이나 신경써야 하는 데도 불구하고 신성 모독의 더러운 생각들을 잔뜩 가지고 있다고. 그들은 그들의 악덕을 다른 사람들에게, 우리들 중에 최고들에게 늘어놓고 만약에 예수 그리스도가 내일 다시 돌아온다 하더라도 그에 대한 추잡한 언사를 내뱉는 데 오래 걸리지 않을 걸. 나는, 그들 전부에 비하면 주먹 힘 하나로 딸을 키우는 홀아비이자 외톨이야. 힘들지. 근심거리도 참 많고, 게다가 이 모든 걸 정비소 직공들과 웃으며 날 쳐다보는 손님들에게서도 듣지. 난 상관 안 해. 하지만 마틸드가 걱정이 되네. 젊은 아가씨의 소문은 낡은 깔판처럼 순식간에 짓밟히고, 그 후엔 그것이 사실이건 아니건 간에 낙오자 취급을 당하지. 마틸드는 부족한 점들이 있지만 자네들이 그녀의 영혼을 잘 알잖아, 들판의 꽃, 계곡에 핀 백합인 것을. 단지... 자네들이 상황을 이해하고 책임을 져야만 해. 자네들은 도덕성을 지녔고 내 딸아이의 명예를 지켜주리라 믿네. 자네 둘 중에서 누구인지는 모르겠지만... 하여튼, 마틸드는 따를 준비가 되었을 거야. 지명된 사원을 잘 관리할 수 있을 것이고 혹은 또 기계에 관심이 있다면... 자, 나는 기독교 신자처럼 그리고 일할 줄 아는 아버지의 입장에서 아주 솔직하고 똑 부러지게 말했어. 이젠 자네들 하기에 달렸어.

니콜라와 에프라임은 간단히 시선을 주고 받았다. 브론슨을 너무 놀라게 한 다음 말을 이었다.

"우리는 당신을 위해 아무것도 할 수가 없고, 당신은 영원히 지옥에 떨어지셨습니다. 당신의 미래는 고통과 치욕으로 만들어지겠지만 거기에 무언가를 바꾸기엔 너무 늦은 것 같군요. 포도수확이 다가오고 당신은 불필요한 포도덩굴처럼 불 속에 던져질 것입니다. 마틸드의 경우, 드러난 것처럼 터무니없게도 하느님과 당신 사이에서 선택을 해야겠지요. 왜냐하면 우리는 두 주인을 섬길 수 없기 때문입니다."

내주에 집안에 유일한 방문객들은 걸인들이거나 세일즈
맨들이었다. 마틸드는 아버지에게 거의 말을 하지 않았다.
그는 이제 혼자서 경영을 담당했기 때문에 정비소에 일이
너무나 많았다. 그들은 늦은 저녁이 되어서야 서로 얼굴
을 볼 수 있었고, 다양한 방송을 보면서 냉동식품으로 저
녁끼니를 해결했다. 가끔씩 밖에서 자전거의 삐걱거리는
소리가 거북함을 더했다. 마치 화면에서 다소 외설적인 장
면들이 나타났던 것처럼.

고인의 영들

직원들이 하루 일과를 시작하기 전에 카운터에 서서 모닝 커피를 마시는 시간에, 햇살 찬란한 아침 시간에 당신은 강변을 산책해야 한다. 그들은 그들을 세상 끝으로 데려갈 입항을 기다리기라도 하듯 난바다를 향해 시선을 둔다. 그런 뒤에 쓰고 달달한 찻잔 속 커피를 들이킨다. 생명력의 증가가 그들을 놀랍게 하고 무심한 군중 속에서 잃어버린 당신 혼자에게만 보내는 시선과 미소처럼 굉음으로 드러나는 이 비밀스러운 풍만함에 본능적인 고마움의 필요성을 느낀다.

그들처럼 하고 눈을 들지 말라. 정렬된 식전 술병들 위로 어느 재기 발랄한 사람은 이런 게시판에 집중했다. '마르크 무와스 씨는 더이상 이 시설에서 일하지 않는다는 것을 존경하는 손님들께 알려 드립니다. 그를 대신하여 장

케스 씨가 있습니다.' 유머일 뿐이다. 틀림없다. 더군다나 사장은 카운터 아래 잠들어 있는 소총을 꺼내기도 전에 외상 손님들과 내몰린 사람들을 금방 알아본다. 우울하지도 실망하지도 마시오, 이 모든 건 때가 와 당신이 후회없이 떠날 이 곳에 너무 집착하지 않도록 도와줄테니.

열기는 벌써 타오르고 소년이 뿌리는 세탁수에 의해 한결 부드러워진다. 유일한 관광객이라면 이 시간에 카페 테라스에 앉을 생각을 하겠지만 아직 비수기고 그래서 굉장히 젊은 아가씨가 커피를 내릴 동안 전날의 먼지와 담배꽁초를 도랑으로 밀어넣을 시간은 충분하다. 대걸레로 밀면서 시작한 농담들은 낡았지만 즐거운 아침나절을 숨쉬기 위해서는 필요한 것이다. 한 마디 말이나 몸짓으로 인사하며 들어오는 손님들과 카운터 의자를 차지한 이들은 로널드처럼 예외적인 존재에게도 빙 돌아선 자리 속에 자릴 잡도록 저절로 비켜준다. 그는 이번만은 우리 사람이다. 내일은 또 다르겠지만 오늘은 이걸로 만족한다.

자신의 신경과민을 진정시키려고 로널드는 레지나를 기다리면서 광천수를 시킨다. 목마르지 않았지만 컵의 시원함이 기분을 좋게하고 굴절로 두꺼워지는 게 보이는 그의 손가락들은 이윽고 떨림을 멈춘다. 시간이 다 되었다. 나

란히 뻗은 쇼윈도우와 건물 앞면에서 그녀가 이미 멀리 보이는 까닭이다. 그녀는 처음에 태양 속 한점 구리 불꽃일 뿐이지만 로널드의 근시눈과 불안정한 정신을 위해 기막힌 성격을 지니고 점점 더 분명해지고 있는 그녀의 발걸음과 실루엣을 보라. 한가한 때를 관찰하려고 그리고 자신의 기억 속의 이미지를 언제까지나 새기려고 물과 아스팔트 위를 떠도는 그녀의 시선을 빌리고 싶다. 그녀가 무대 위에서 노래부르는 걸 보았을 때 그의 주의는 흩어졌고 그녀의 목소리의 음과 부자연스러운 조명들과 오십여 명의 불청객들의 참석으로 어수선했기에 그는 그녀의 모습을 살피는 걸 잊어버렸었다.

하지만 이제 곧 그녀는 무거운 문을 열고 들어올 것이고 그는 태양 아래서 그녀를 맞이하려고 일어설 것이다. 인생을 아는 이들과 벌써 웃고 있는 다른 손님들이 자리잡은 카운터로 서둘러 들어가기 위해 자칫하면 어깨를 감싸 안을 광적인 분위기로 그녀 앞에 서 있는 그를 보라. 레지나는 그가 낯설지 않았고 조각배와 돛단배들이 정박한 배다리를 향해 이끄는 사이에도 줄곧 웃었다. 이 장소에서 물은 검고 깊으며 그 위로 고개 숙인 이들의 슬픈 투영을 보낸다. 그들은 결국 멈추었고 페인트가 비늘처럼 일어난 벤

치에 자리를 잡는다. 레지나는 침묵 지키길 즐기고 로널드
는 무게와 웃음을 동시에 잡으며 던진다.

"내가 중요한 걸 너한테 말하려 했지만, 네가 떠날 거라
는 걸 알고, 이젠 아무 소용이 없네. 그래서 네 가방을 무
겁게 하고 싶지 않아."

"친절하네, 로널드. 결국엔 늘 침묵하는 게 최선이야. 너
는 기사다운 면모가 있어. 빌라에서 지난번 저녁처럼."

그녀는 또다시 웃었고 그가 실감할 자신이 없을 만큼 굉
장히 부드러운 손길로 그의 짧은 머리칼 속에 손가락을 미
끄러트렸다.

"미국으로 떠난 이후로 너는 많이 변했고 거의 아름다워
졌어. 하지만 난 이전에 네가 더 좋아."

"미안해, 레지나."

"하지만 그래도 나는 너를 굉장히 좋아해."

"굉장히 라는 말은 과한데, 레지나."

"미안해, 로널드, 너를 놓아줄께, 매력이 흩어졌어. 집으
로 돌아가야지."

"그 전에, 너만을 위한 선물을 주고 싶어."

그는 일어서서 팔을 내뻗쳤고 등 뒤로 손을 휘감았다.
그의 팔들이 처음으로 수평선에 이르렀을 때, 그는 질식

하는 소리와 약간의 인상을 찌푸렸지만 완벽한 원을 그리며 제 앞으로 가져오기에 이르렀다. 레지나는 웃으며 박수갈채를 보냈다.

"고마워, 참신한 선물이었어. 아니면 멋진 취향이거나. 기꺼이 받아들이겠어."

"절대 두번 다시는 하지 않을 거야. 게다가 더는 하지도 못할 걸. 어깨에서 무언가 부러진 것 같아. 이제는 끝났어."

유람선이 항구로 들어온다. 로널드와 레지나는 관광객 몇 명에게 손짓으로 대답한다. 우리가 그들에게 회색 절벽 너머의 일출을 보였고, 그들은 꿀과 피로 물든 이 백묵의 빗장을 그들끼리만 바라보는 데도 술에 약간 절었다. 그들은 그들의 기쁨을 나누고 싶었고 불빛 아래 트로피를 흔들며 시합에 우수한 성적을 올리는 운동선수들을 끌어모은다.

그래, 아름다운 아침이었고 반드시 기회를 살려야 했다. 하지만 만약 당신이 방파제에 남는다 하더라도 아무런 후회할 것은 없다. 왜냐하면 레지나는 석유의 찌꺼기와 웅덩이들 사이에서 봐야할 것을 당신에게 가리킬 줄 알기에. 그녀는 오늘 노래 부르지 않을 것이고 특히 로널드를 위해서는 더더욱 아닐 것이다. 그는 그녀의 노랫소릴 너무나 진지하고 주의깊게 들을 것이고 귀를 막거나 돛대를 달아매는 걸 잊어버린 그의 마음을 어쩌면 또 아프게 했을 것이다.

"너는 이제 완쾌되었네, 그녀가 결국 말했다. 네 머리칼이 자라게 내버려 둬야 겠는데."

"마치 문 뒤에서 내게 말한 것 같아. 넌 이미 멀어졌어. 서로에게서 고약하고 험한 걸 찾아야 했겠는걸."

"너의 삼촌은 날 못 볼 거야. 하지만 그는 아직 그걸 모르고 있지."

"그리고 또, 가을에 넌 일요일 온종일을 나와 함께 보낸 적이 한번도 없었어. 하루 종일 날은 어둡고 허망과 지겨움으로 우둔해짐을 느끼지. 나는 나의 수식들을 풀어보려고 애쓰지만 아무것도 되는 건 없고 그 누구에게도 그걸 말할 수 없어. 결국 나는 침울하고 시간이 지나가길 기다리면서 오후 내내 소파에 몸을 파묻고 있지. 내가 너를 완전히 불행하게 만들 뻔했어."

그녀는 또 다시 웃었고 팔을 하늘로 향해 펼치고 절망으로 죽어 배다리에서 떨어지는 시늉을 했다. 하지만 당연히 자신의 추락을 붙잡고는 단지 고향 해안의 물 속에 마지막

으로 자신의 실루엣을 비추려고 꿇어앉은 다음 얼굴을 흐
트리기 위해 동전 한 닢을 던진다. 로널드는 그녀가 일어
서서 멀어져가는 것을 – 이미 방파제를 다시 올라갔고 기
차역으로 데려가는 대로에 접어들었을 즈음에 그녀의 불
꽃 머리칼을 – 바라본다.

로널드, 그도 떠날 결심을 한다. 어디로 발길을 돌려야
할지는 모르지만. 그는 망설이고 광장과 대로의 미궁 속에
서 길을 찾을 수 있을지 더이상 확신이 없다. 하지만 그래,
그는 대낮에 창가에서 기웃거리는 주민들이 드문 구불구
불한 이 길을 빌려 고지 동네로 향한다. 결국 비탈길을 따
라가기만 하면 된다. 도처에서 대부분이 세를 놓는 원룸
이나 방을 권한다. 마지막 행락객들 – 독신자들과 몇몇 홀
아비들 – 은 차례로 잇달은 세입자들에 의해 물이 세는 배
관에 벽지와 물건들이 낡고 거무스름한 방, 다른 사람들
은 아무도 원하지 않는 가구가 딸린 이 방 안에서 이삼 주
정도 지낼 각오를 할 것이다. 여기는 바다와 가깝지만 피
서지 분위기와는 거리가 아주 멀다. 그러나 지금으로서는
모든 것이 비었고, 이 오래된 길은 신시가지와 저기 고원
으로 데려가는 일 외에는 더이상 쓰이지 않는다. 만약에

깊이 있는 작은 주택들이 역사가 있다 하더라도 아무에게도 관심을 끌지 못한다.

로널드는 대서양이 보이지 않는다는 것을 알아차리고는 돌아선다. 그는 먼저 물빛을 떠올려 보지만 그것은 레지나 그녀 자신처럼 지워지기 시작했고 바닷물에 소금처럼 그녀를 알았던 이들의 시선 속에 녹아 몇 가지 소소한 것들만 남을 것이다. 중요한 건 보전했고 쓸데없이 모든 걸 복잡하게 만드는 건 기억의 긴장감이다.

고층 빌딩과 주거 단지 근처에서 아이들의 고함치는 소리가 들려오고 바람은 덤불 속에 전단지와 음료수 캔을 실어간다. 로널드는 자신의 청춘의 장소로 다시 돌아왔고 끝나지 않던 학교와 공터 개들의 시간이었던 아주 오래전처럼 모든 즐거움의 허물이 벗겨진 벌거벗고 가난한 느낌을 다시 받는다. 단지의 중학교에서 수업시작을 알리는 종소리가 또다시 울려 퍼진다. 학창시절의 이 궁극적인 날들에 미래를 준비하기 위해 카드놀이를 할 것이다, 아니면 모노폴리 게임이거나. 반항심은 철문에 걸리고 외부의 도움을 기다린다고 말했을 테지만 그들은 평생토록 그것을 헛되이 기다릴 것이다.

로날드는 이 광경을 지체했고 그런 뒤에 발부리까지 굴

러온 테니스 공을 주으려고 몸을 숙인다. 그는 정말로 몸집이 거대하고 결코 땅바닥에 닿지 않을 거라 믿었을 것이다. 그가 몸을 일으켰을 땐 젊은 소년들 무리가 이미 훨씬 가까이 다가왔다. 그들은 어쩌면 전날 불구자에게서 훔친 맹인용 지팡이 같은 것으로 야구를 하려고 애썼다.

"너희들 학교 안 가니?"

로날드가 그들에게 물었다.

마치 씨를 뱉는 것처럼 대답한 이는 타자였다.

"아니, 우리는 벌써 다 알아."

로날드는 팔을 들었고 널따랗고 동시에 건조한 움직임으로 공을 후욱 날렸다. 그는 미국에서 지내면서 얻은 이 작은 실력에 만족해서 웃는다. 아아 슬프게도 사람의 진가를 가까운 사람들은 모른다 하더라도 그렇게 긴 여행을 한 것에 행복하다. 사실, 소년은 움직이지 않았고 외면받은 공은 브리짓과 에르빈이 사는 건물 벽을 치도록 아주 멀리 날아갔다. 현관 앞에 구급차와 소방차 주변으로 사람들이 작은 집회를 만들었다. 가족들 전체가 창문마다 팔꿈치를 괴었고 모든 얼굴들이 빨간 경보등에 열중했다.

"여기 살아?

타자가 로날드에게 묻는다.

"아니, 여길 떠나. 짐을 챙겨서 여길 떠날 거야."

"너 역시 거길 지나가겠지."

　로날드는 태양 아래서 눈을 깜박거리는 소년을 더 유심히 들여다본다. 그는 거의 열두 살쯤 되었을 것이다. 키가 그렇게 크지 않았고 그의 오른쪽 귀는 유전적인 결함으로 내려앉아 보라빛이 감돈다. 그는 웃으면서 대답하는 로날드의 생각을 읽는다.

"맞아, 그렇게 애석한 일은 아니야."